Ĥristina Kozlovska

Pli leĝera ol aero

Rakontoj kaj fabeloj

Ĥristina Kozlovska

Pli leĝera ol aero

Rakontoj kaj fabeloj

MONDIAL

Mondial
Novjorko

Ĥristina Kozlovska:
Pli leĝera ol aero
Rakontoj kaj fabeloj

El la ukraina tradukis
Petro Palivoda kaj Oleksandr Hriŝĉenko

Redaktis Petro Palivoda

ISBN 9781595694829

www.esperantoliteraturo.com

Pri Ĥristina Kozlovska

Ĥristina KOZLOVSKA, ukraine *Христина КОЗЛОВСЬКА*, estas nuntempa ukraina verkistino.

Ŝi estas aŭtorino de jenaj prozaj libroj en la ukraina lingvo: "Pli valora ol oro" (Discursus, Brusturiv, 2015), "Lacerto kaj ĝia vosto" (Discursus, Brusturiv, 2018), "Lastaj tagoj" (Hravitacija, Ivano-Frankivsk, 2023), "Renegatoj" (Hravitacija, Ivano-Frankivsk, 2023), kunaŭtorino de la libro "Atendante bebon. Naŭ neordinaraj monatoj" (Discursus, Brusturiv, 2018) kaj aŭtorino de la poezia libro "Tuŝi printempon" (Kolomeo, 2008).

En 2022, Eldonejo Zindale (Seulo, Korea Respubliko) aperigis libron de elektita prozo de Ĥristina Kozlovska titolita *Kato Floro* en du lingvoj: la korea (tradukis Jang Jeong Yeol [Ombro]) kaj en Esperanto (tradukis Petro Palivoda), kaj ankaŭ libron sub la titolo *La Magiisto* en tri lingvoj: la korea (tradukis Jang Jeong-Yeol [Ombro]), Esperanto (tradukis Petro Palivoda kaj Oh Tae-Young [Mateno]), kaj la angla (tradukis Petro Palivoda).

Ŝiaj verkoj estas tradukitaj al Esperanto de Petro Palivoda kaj aperigitaj en Ukrainio ("Ukraina Stelo"), Ĉinio ("Penseo" kaj "Beletra Edeno"), Kanado ("La Riverego"), Usono ("Saluton!", "Beletra Almanako"), Turkio ("Turka Stelo"), Pollando ("Pola Esperantisto"), Kroatio ("Kresko"), Koreio ("TERanidO"), Hungario ("Vesperto. Literaturaj folioj") – kaj brajle en Ĉeĥio ("Esperanta ligilo").

Ŝiaj verkoj estas tradukitaj kaj aperigitaj ankaŭ en la germana, la turka, la nederlanda, la slovaka kaj la franca lingvoj.

Ĥristina Kozlovska estas gajninto kaj laŭreato de pluraj ukrainiaj kaj internaciaj literaturaj konkursoj.

RAKONTOJ

La bankoficisto

Kiam la bankoficisto estis eniranta la bankon, li neniam skrapis per la piedoj, li sciis, ke tio karakterizus lin kiel malbonan oficiston. Li sciis, ke lia devo estas ne nur labori, sed ankaŭ konvene konduti kaj aspekti. Do li ĉiam respondece traktis la elekton de sia piedvesto. Ĝi devis esti vasta, sed ne defali, esti nova, sed ne de la plej moda modelo. Li ne devis snufi, brufermi la pordon, lasi grasajn makulojn sur la vitro de la kasgiĉetoj.

Kiam la bankoficisto eniris la bankon, trapasis per neaŭdeblaj paŝoj la ĉefan halon de la konstruaĵo kaj eniris sian oficĉambron, restis ankoraŭ dek minutoj ĝis la komenco de la labortago. Liaj ritmaj movoj, senhasta irado – ĉio atestis, ke liaj aferoj sekvas planon. Kvankam estis dubinde, ke li planis tiun sinsekvon de agoj. Proksimume antaŭ deko da jaroj li faris tion unuafoje: ellitiĝo je certa horo, matenmanĝo, itinero numero…, vojo, labortablo. Post tiom da jaroj ĉio ĉi en tiu sinsekvo gravuriĝis tiom klare en lia kapo, ke ĝi simple ne estis plu rimarkata, ĝi iĝis lia propra nekondiĉita reflekso. Kaj, kiel ajn stranga tio ŝajnus, nenio eĉ unufoje rompis tiun ĉenon.

Do nun la bankoficisto estis fidela al siaj kutimoj: li translokis aktuojn, pririgardis paperojn, kunmetis skribilojn en specialan skribilujon. Li estis nealta brunulo kaj havis agrablan aspekton… Tia agrablo, kiu havas la sekvon neniam resti en la memoro de kliento kaj kunflui kun la ceteraj laborantoj de la oficejo en unu glate razitan vizaĝon. Helpis la fakto, ke la homoj, kiuj vizitis la bankon, alparolis ĉiujn oficistojn neniel alie ol per "Sinjoro bankoficisto". Do, poste la bankestraro rezignis la nomŝildetojn kiel nenecesaĵojn, distingante nun siajn oficistojn nur laŭ la tablonumero.

Jen tiel la bankoficisto iĝis la bankoficisto numero tiu kaj tiu. Li tute ne estis ofendita. Kutime oficistoj de tia institucio ne kutimas ofendiĝi kontraŭ la estraro, precipe kiam temas pri la bonstato de klientoj, kaj en ĉi tiu kazo – ilia komforto. Kaj ĉio estus bona, se ne okazus unu evento, kiu rompis la kutiman rutinon de la bankoficisto. Ne, tio okazis ne tuj post la supre menciitaj ŝanĝoj, sed sufiĉe poste. Eble la afero konsistas ĝuste en tio, ke la bankoficisto dum longa tempo ne aŭdis sian nomon. Vi povas diri, ke tio estas stranga por socie aktiva persono, persono, kiu okupas gravan postenon, kiu senhalte respondas centojn da demandoj dum dek horoj tage. Sed, kiel ajn necesa estis por homoj la helpo de la bankoficisto, ilin neniam interesis lia nomo. Por ili sufiĉis la numero sur lia skribtablo. Estas interese, se en la nomon estas enmetita la naturo de la homo, la posedanto de la nomo, ĉu ankaŭ la numero povas rakonti ion pri tiu, kiun ĝi markas?

Tiun matenon la bankoficisto ellitiĝis pli frue je duonhoro. Li havis antaŭ la laboro ankoraŭ unu gravan mision – aĉeti invitilojn al bonfara balo. Fakte, la viro interesiĝis nek pri bonfarado, nek pri baloj, sed tio tute ne gravis, ĉar pri bonfarado kaj baloj interesiĝis lia fianĉino. Bonŝance, la institucio, kie la bankoficisto devis aĉeti la invitilojn, estis proksime, do, laŭ liaj kalkuloj, dudek minutoj plene sufiĉis por fari ĉion necesan kaj reveni al sia bushaltejo. Krome, por tiu aĉeto estis donita maksimumo de tri minutoj. Do la viro rapide supreniris la spiralan ŝtuparon de malnova pola domo kaj senhezite premis la manilon de la pordo.

Alta, duonmalplena ĉambro kun kelkaj oficistinoj en la anguloj lin tute ne impresis, mirigi povis eble nur altegaj stakoj da papero kaj aktujoj, ankaŭ plenŝtopitaj per iuj dokumentoj. Sed la bankoficisto ne estis fremdulo; li estis kutimiĝinta al tia vidaĵo. Kaj dum tiu loketo faris nenian impreson al li, li, male, faris al ĝi plej bonan. La virinetoj en siaj anguloj ekvigliĝis kaj scivoleme okulsekvis lin de la pordo al la plej granda tablo, kiun li elektis eble instinkte pro ĝia grandeco. La oficistinoj, kiuj havis rektan eblon observi la vizitanton, lasis sian dokumentaron kaj okupiĝis pri la observado. Kai tiuj, kiuj estis malantaŭ barikadoj da aktujoj, etendis sian kolon, pretaj ĉiumomente rekaŝi sin en sia kaŝejo. Verŝajne aĉetantoj kutime aperis ĉi tie neofte. Aŭ la balo estis ne tre reklamita, aŭ homoj ne estas tre aktivaj... Kaj se la oficistinoj malofte vidis iun ĉi tie, do tiajn, kiel li – bele vestitajn kaj kombitajn –, des malpli. La mastrino de la tablo elektita de li afable ridetis.

– Bonvolu doni al mi du invitilojn al la bonfara balo hodiaŭ vespere, – diris la bankoficisto kaj jam metis la necesan sumon sur la tablon, montrante per sia tuta aspekto, ke li hastas kaj tute ne intencas komunikiĝi kun iu ajn.

Sed la virino verŝajne ne distingiĝis per sagaceco. Ŝi prenis skribilon kaj komencis per ĝi skribi. Komence ŝi spirblovis sur ĝin, eĉ lekis ĝin unufoje, kaj post tio grimacis kaj ne plu faris tiel. Tiuj proceduroj ne malhelpis ŝin komenci interparolon, kiu pro la spirblovado sur la skribilon post ĉiuj du vortoj ŝajnis tute ne formala; tio konfuzis la bankoficiston.

– Se ie sur la strato... mi ekvidus tian belan sinjoron, kiel vi... mi tuj... ekpensus... ke li okupiĝas... pri bonfarado.

Al la bankoficisto ĉio ĉi komencis malplaĉi; li komprenis, ke pasis pli ol tri minutoj. Li jam malfermis la buŝon por konsili al la virineto preni alian skribilon, sed nur nun li rimarkis, ke nek sur la tablo, nek ĉe la tablo estis iuj skribiloj, krajonoj aŭ felt-krajonoj. Eĉ plie, ĉiu el la oficistinoj havis nur unu skribilon. Li ne atentus tion, se ne estus stakoj da papero, plenskribita per-mane, ĉiuflanke. Tiuj konsideroj kaj observoj prenis de la viro ankoraŭ ĉirkaŭ tridek sekundojn. Li jam firme decidis ĉesigi tiun sensencan babiladon, por ne malfruiĝi pro tio al la buso, tio ja ne povis okazi, ĉar simple ne povis okazi. Li jam antaŭe ne reagis al la favoraj ridetoj de la oficistinoj, kaj nun estis tute preta montri sin malĝentila, kvankam tio ne estis konforma al lia karaktero.

– Vi verŝajne iros kun la edzino. Pardonu mian sentaktecon, vi povas ne respondi, simple... Mi nur volis diri, ankaŭ mi jam havis bonŝancon viziti tian balon, kiel tiu ĉi, kaj scias ĝuste, ke ĉe la respektindaj homoj, kiuj tie aperas, ne estas kutime iri unuope. Ho, ankaŭ mi havis bonŝancon trafi al libera bufedo, vi konas tiajn svedajn tablojn... – ŝi provis pruvi kompetencon en tiu sfero kaj samtempe intereson pri la persono staranta vidal-vide al ŝi.

Ŝi gestis vigle, tenante en unu mano jam sendifektan skribilon, kaj pri io demandis la bankoficiston, sed ne ricevinte la atendatan respondon, plu parolis. Nun li perdis la paciencon, kaj pli laŭte ol li mem supozis, interrompis ŝian monologon. Aŭ kunhelpis la akustiko de la ĉambro, aŭ la bankoficisto estis tro kolera, sed la repliko estis tre laŭta kaj konvinka.

– Pardonu, sed mi ŝatus preni miajn invitilojn!

En la anguloj tuj aŭdiĝis susuro. La virinetoj denove eklaboris. Nun neniu rigardis la centron de la ĉambro. La interparolantino eksilentis, tusetis kaj etendis la manon al la invitiloj. Laŭ sia naturo ŝi certe ne estis ofendiĝema homo, do jam post sekundo, kvankam senvorte, ŝi denove ridetis al li. La bankoficisto etendis jam la manon preta eĉ elŝiri tiujn malbenitajn invitilojn el ŝiaj pufaj fingroj... Kaj nun komenciĝis ĉiuj liaj plagoj, pli ĝuste unu, sed PLAGO. La virineto faris elokventan geston, per kiu ŝi petis lin atendi.

– Bonvolu diri vian nomon. Mi devas skribi ĝin en la invitilojn kaj poste registri, – ŝi ne deturnis la rigardon de la kolora paperpeceto sur la tablo, preta tuj noti, kio al ŝi estos dirita.

La bankoficisto volis ekkrii sian nomon, kapti la invitilojn kaj nepre aldoni al la virineto ĉion, kion li opinias pri ŝi. Ion pri neplenumo de rektaj devoj, vulgara konduto kaj reteno de klientoj, kiuj tre rapidas al laboro. Tamen ĝis nun el lia buŝo eliĝis neniu vorto.

Li ne povis komenci sian eldiron, ĉar por tio li devis komence ekkrii sian nomon. La bankoficisto kelkfoje malfermis sian buŝon kaj al li ŝajnis, ke ĉio tuj okazos, ke eble ekfunkcios la subkonscio, se la konscio estas senforta, kaj la lipoj reflekse komencos moviĝi, kreante la necesajn sonojn. Io konstante estis sur la langopinto, la fingroj nervoze frotis kontraŭ la fingroj, la polmoj ŝvitis, la koro ekbatis. La bankoficisto ekrigardis jen unu, jen alian oficistinon, kvazaŭ serĉante helpon. Li apenaŭ retenis sin por ne demandi, ĉu ili konas lin.

Tiumomente la virino levis la okulojn al li kaj jam ne deturnis ilin. La viro rimarkis, ke super la stakoj da papero vidiĝas ankaŭ la kapoj de la ceteraj oficistinoj. Ili suspektinde interrigardis kaj evidente ion de li atendis. Lia konscio luktis dum kelkaj sekundoj kontraŭ tiu suspekto, sed poste kapitulacis, kaj la bankoficisto konfesis, ke li forgesis sian nomon. Sed konfesis mense. Kaj kion li faru nun? Ĉu li diru al tiuj klaĉulinoj, ke li, bankoficisto, ne konas sian nomon, por ke ili havu ion por priridi kaj rakonti al siaj kompatindaj klientoj?

Subite ekbrilis sava ideo. La viro kaptis sian sakon kaj komencis haste palpi ĝin. Sed kiam tio ne donis la deziritan rezulton, li metis la sakon sur la tablon kaj enprofundigis tien la manojn. "La identigilo – li pensis, – la identigilo. Ĝuste ĝin mi bezonas". Ĉio ĉi aspektis nekutime, eĉ strange. Respektinda, ĝis nun absolute trankvila viro subite komencas malkvietiĝi kaj, kiel frenezulo, renversas sian sakon, ĉar li estas petita diri sian propran nomon.

– Mi komprenas, ke eble vi ŝatus teni tiun informon sekreta, sed mi ne povas tion permesi. Tia ja estas mia laboro. Kaj kiaj estas tie ĉi sekretoj? Tio estas ja nur nomo, mi vin certigas... – ŝi volis aldoni ankoraŭ ion, sed nevole ekridis. Ankaŭ en la anguloj aŭdiĝis mallaŭta subrido.

Tio estis la lasta guto. Ankaŭ la bankoficisto, kiu ĝis nun ne regis sin perfekte, iĝis tro nervoza. Neniu legitimilo, neniu dokumento, kiu konfirmus lian identecon, estis en la sako. Li tute ne sciis, kiom da tempo pasis, de kiam li eniris tiun malbenindan oficejon. Al li ŝajnis, ke ĉiuj konspiras kontraŭ li, kaŝarانĝas ĉion tiel por fiaskigi liajn planojn. Li kaptis sian sakon, forpuŝinte de sur la tablo grandegan stakon da paperoj, kaj, ne retrorigardante, kuris al la elirejo. Sur la tablo restis do ne aĉetitaj kaj jam de neniu bezonataj invitiloj, kaj ĉe la tablo – la virineto kun la okuloj rondiĝintaj pro miro.

Post momento la bankoficisto sukcese trapasis la spiralan ŝtuparon kaj elsaltis sur la straton. Sub la suno li sentis sin pli bone; li direktis sin al sia haltejo. La viro decidis, ke tiu, laŭ lia opinio portempa, memortruo estis kaŭzita de tro frua ellitiĝo. "Ne, tio tute ne taŭgas – rompi mian kutiman ordon pro iuj invitiloj," – pensis la bankoficisto. Iru por preni la invitilojn tiu, kiu havas sufiĉe da tempo kaj deziron fari tion, sed li ne plu konsentos pri tio. Tro okupita li ja estas, kaj krome lia sano lastatempe malfidindas.

Tiel la bankoficisto senhaste proksimiĝis al la haltejo kaj subite rimarkis, ke lia buso estas forveturanta. Se li do maltrafis ĉi tiun, la sekva estos nur post dek minutoj. Kaj ĝenerale, kioma horo estas? Kvankam la bankoficisto jam estis kuranta al la haltejo, kaj la manoj tremis pro subita paniko, kiu ĉiam pli kaptis lin, li tamen ekvidis je sia horloĝo, ke jam estas neallaseble malfrue. Atendi nun en la bushaltejo, neniu scias kiom longe, la bankoficisto krome ne povis al si permesi, do, kiam taksio haltis apude, li ne longe pensis. Jam ene, falinte sur la antaŭan sidlokon, plene anhelanta kaj ekscitiĝinta, la viro apenaŭ povis diri la adreson de sia banko, kaj poste ankoraŭ daŭre spiregis kaj tusis. La tuta vojo al la celloko iĝis por li vera torturo. Li jam imagis, kiel li eniros la bankon kaj ĉiuj gapos al li, kiel post fino de la labortago la ĉefo petos lin eniri lian oficejon kaj kiom seniluziigita la ĉefo estos pri li. Al la bankoficisto ŝajnis, ke ili tro longe staras ĉe trafiklumoj, ke la ŝoforo elektis ne la plej mallongan vojon, kaj fine postulis tro grandan sumon por siaj servoj, faritaj ne en la plej bona maniero.

La bankoficisto staris ĉe la altega pordo de la banko kaj provis ekregi sin. Tio ne estis facila afero, ĉar la kialo estis tre serioza. Unuafoje en sia vivo malfruiĝi al la laboro! Kion li diros, kiam oni demandos lin, kio okazis? Ĉu li rakontos, kiel ĉio okazis? Stop, kaj kiel tio okazis? Al li tuj revenis tio, kion li neniel povis venki, kaj li nun ne havis tempon. Li nepre pensos pri tio poste, kiam ĉio ordiĝos.

La viro profunde enspiris, provis malstreĉi la muskolojn de la vizaĝo por doni al ĝi kiel eble plej indiferentan mienon, kaj transpaŝis la sojlon. La kutimaj freŝeco kaj malhelaj muroj efikis sur lin trankvilige. Nur antaŭ la okuloj, alkutimiĝintaj al la brila lumo de la stratoj, kuradis oranĝkoloraj makuloj. La bankoficisto aplombe faris kelkajn paŝojn kaj nekredeble

ĝojis, ke neniu turnis sian atenton al li. Eble nun li kviete en-
iros sian oficĉambron kaj ne devos senkulpigi sin antaŭ iu, kaj
plej grave – adiaŭi sian bonan reputacion. Jen tiel pensante, la
bankoficisto forgesis pri la malgranda ŝtupo, speco de maldik-
ega sojlo disiganta la koridoron de la ĉefa halo de la banko.
Multaj klientoj plendis pri tiu malbona ŝerco de la konstruistoj,
ĉar pordo forestis, troviĝis nur vasta arko, sed sojlo estis. Sufiĉe
ofte ankaŭ la oficistoj mem diris koleran vorteton, stumblinte
sur ĝi. Verdire, al la bankoficisto tio neniam okazis. Sed hodiaŭ
ĉio estis unuafoje.

La bankoficisto eĉ ne sukcesis ekkonscii, kiam li brue falis.
La ĉefa fonto de la bruo estis lia sako. Rapidante al la laboro,
li forgesis fermi ĝin, kaj nun, kiam li falis, elŝutiĝis preskaŭ
la tuta enhavo. Evidentiĝis, ke tie estas multaj diversaj plastaj
kaj metalaj bagatelaĵoj. Skribiloj, liniilo, ujo por okulvitroj, la
okulvitroj mem, fasko da ŝlosiloj, spirfreŝigilo, kombilo, prok-
simume deko da moneroj, telefono. La bankoficisto kuŝis sur-
ventre inter ĉio ĉi kaj pensis, ke pli malbone jam ne povas esti.
Sed li eraris. Kiam li suprenrigardis, li ekvidis super si la dikan
figuron de la ĉefo, kiu ŝirmis la solan fonton de lumo en tiu
duonmalluma halo. Do nun la bankoficisto ne povis vidi lian
mienon. Kaj tio estis bona, la ĉefo havis malbonan humoron.
Sed, ĉar tiun bildon observis kelkaj dekoj da personoj, la ĉefo
ŝajne decidis montri sin kiel modelo de profesia etiko kaj sinre-
tene, sed ne senstreĉe, diris:

– Bonvolu viziti min post la fino de la labortago.

La bankoficisto momente tiom ekkompatis sin, ke li pretis
ekplori. Li re- kaj redemandis sin, kial la sorto tiel kruele ŝer-
cas, pro kio li meritis tian punon? Kaŭre li kunmetis sian tutan
senvaloraĵaron en la sakon, sed li plu viziis la figuron de la ĉefo,
kiu observas ĉiun lian movon. La bankoficisto eĉ timis levi la
kapon por ne subite ekvidi lian koleran vizaĝon. Sed li kon-
centris siajn fortojn kaj iris tra la tuta halo al sia oficĉambro.
Kaj kvankam li decidis neniun rigardi kaj nenion atenti, tamen
per sia flanka vidsento li kaptis la konsternitajn rigardojn de

oficistoj, kiuj rigidiĝis sur siaj laborlokoj, kaj ridetojn de neko-
natoj.

"Nu jes – li trankviligis sin – malfruiĝo al la laboro, disci-
plinrompo – tio estas tre grava kaj nerespondeca, sed ne mort-
iga, ne mortiga". "Mortiga", – pensis la bankoficisto jam post
sekundo, kiam li turnis sin en la malgrandan koridoron kaj
ekvidis homojn amasiĝantajn ĉe ambaŭ flankoj de lia pordo.
Ekvidinte, ke li iras al la oficĉambro, ili ektumultis, komencis
rememori, kiu venis post kiu kaj kiu tenis lokon por kiu, sed
klariginte, ke iliaj memoroj diametre malsamas, komencis ata-
kon. La bankoficisto devis peni por trapuŝi sin enen, kaj eĉ pli
peni por fermi la pordon post si.

La bruo trans la pordo ne ĉesis, sed la bankoficisto, kiom ajn
stranga tio ŝajnis al li, ne emis paroli kun iu ajn. La kapo terure
doloris, la humoro estis aĉega, krome li rimarkis sur sia tablo
neimageblan malordon. Verŝajne, iu matene serĉesploris liajn
aĵojn. Hieraŭ la bankoficisto kunmetis ĉion bonorde sur ĝustajn
lokojn kaj tiujn lokojn li konis kun certeco. Li klare memoris,
kiel li ordigis aktujojn, kunmetis vizitkartojn en la kartujon kaj
eĉ pintigis krajonojn. Nun lia tablo estis kvazaŭ trafita de taj-
funo. Kia malrespekto al li, al valora oficisto!

Ankoraŭ hieraŭ li senhezite irus rekte al la ĉefo, sed
hodiaŭ... Pro la antaŭnelongaj cirkonstancoj li eĉ ne moviĝis
de la loko. La situacio ĉiam pli kaj pli subpremis kaj promesis
neniun bonan rezulton. Eble li demandu, kio okazis, ĉe iu el
la kunlaborantoj, kies tabloj staris laŭlonge de la muro de la
sama oficejo? Sed vidinte, ke ĉiu estas okupita pri iu sia afero
kaj eĉ ne atentas lian alvenon, li ŝanĝis sian opinion. Neniu ĝis
nun klopodis aliri lin kaj rakonti, kio ĉi tie okazis, kiu do faris
malordon sur lia labortablo. Tio estas ja ilia devo, ili estas ja liaj
amikoj, li dum tiom da jaroj ŝvitas kun ili en la sama ĉambreto.

Ĉe la vorto "amikoj" la bankoficisto penis rememori kiel
eble plej multe da informoj pri ĉiu oficisto, sed evidentiĝis, ke
ĉiuj scioj limiĝas je familia stato kaj posteno en la banko. Kaj
vere, kiuj estas tiuj homoj, kiuj ĉirkaŭas lin? Li tute ne sciis, pri

kio ili okupiĝas post la laboro, kiujn ŝatokupojn ili havas, kien ili ŝatas iri por ripozo, ĉu ili loĝas kun siaj gepatroj aŭ solaj, kaj ĝenerale, kie ili loĝas. Nun iuj el la kunlaborantoj ŝajnis al la bankoficisto suspektindaj. Antaŭe li neniam dubis pri ilia profesieco, sed nun, fiksrigardante ĉiun aparte, li rimarkis, ke ne ĉiuj ja estas okupitaj, almenaŭ pri tio, pri kio ili devus. Viro ĉe la apuda tablo ŝajnigis, ke li rigardas grafikaĵojn dismetitajn antaŭ li, sed li fakte rigardis sub la tablon, kie li estis skribanta telefonan mesaĝon. Du aliaj oficistoj agis tute senhonte, ili forlasis sian laboron kaj flustris pri io, iufoje apenaŭ aŭdeble hihiante, videble kontentaj pri la temo de la konversacio. Unu alia en la malproksima angulo rigardis la ekranon per vaka rigardo, manĝante kun apetito grandegan sandviĉon, kvankam la tagmanĝa paŭzo estis ankoraŭ malproksima. La bankoficisto eĉ pensis, ke tio estas neimagebla aroganteco iliaflanke: anstataŭ perdi la tempon por diversaj sensencaĵoj, ili povus akcepti homojn, kiuj atendas lin, povus helpi lin kaj ne kaŭzi tian malordon en la koridoro. Li ne komprenis, kiel la ĉefo povas ignori tian arogantecon, sed lin, meritplenan, dum jaroj elprovitan oficiston, mallaŭdi pro unu malfruiĝo. Tio ŝajnis al la bankoficisto maljusta. Nun li ne nur sentis sin senkulpa – ĉio ĉi komencis indignigi lin. Kial la ĉefo tuj atakis lin sen demandi anticipe, kio okazis? Kaj se li, la bankoficisto, estus trafinta matene en teruran trafikakcidenton kaj preskaŭ pereinta? Aŭ se iu el liaj parencoj estus morte malsana kaj bezonus helpon? Sed la viro ne sukcesis fini sian kompatindan asocion de ideoj, kiam en la oficĉambron, ne atendante alvokon, eniris la unua kliento kaj, kvazaŭ nenio okazis, sidiĝis sur seĝon ĉe la alia flanko de la tablo. La kliento kvazaŭ tuj komprenis la mutan demandon sur la vizaĝo de la bankoficisto.

– Mi petas pardonon, sed al mi estas tre urĝe. Al ni tedis atendaĉi antaŭ via pordo jam dum dudek minutoj. Ĉu vi pensas, ke neniu havas alian laboron krom apogi en labortago la murojn de via atendejo?

Tian arogantecon la bankoficisto ankoraŭ neniam vidis. Li subite ekstaris. La paperoj falis teren, la brakseĝo kun bruo renversiĝis. Pro la subita bruego ĉiuj eĉ salt-ekstaris kaj nun rigardis nur la bankoficiston. Li por momento fermis la okulojn kaj apogis sin per ambaŭ manoj sur la tablo. Li sentis kapturnon. Post momento li estis jam apud la pordo. Sed ne ĉio estis tiom simpla. Li devis sufiĉe forte puŝpremi sin al ĝi komence per unu kaj poste per la dua ŝultro por almenaŭ iel depuŝi al la ekstera flanko la homojn, kiuj ŝajne decidis barikadi la elirejon.

La bankoficisto entiris sian ventron kaj trapuŝis sin en la koridoron. Sed tie ne iĝis pli facile. La viro trafis ĝuste en la densaĵon de tiu svarmo, kaj lia vizaĝo estis premita al iu molkorpa sinjorino, kiu ŝajnis tuj sufoki lin per sia moleco, eĉ ne rimarkinte tion. Unuvorte, necesis sin savi. La bankoficisto jam estis pripensanta eblajn manierojn de la fuĝo, kiel kaj inter kiuj sin prempuŝi plej facile, kaj eĉ ekmoviĝis en la ĝusta direkto, kiam ĝuste tiumomente el la pordo eliĝis la kapo de la kliento-arogantulo jam konata al li kaj kriegis ion pri la malordo kaj primokado de honestaj homoj. La amaso tuj ekbruis kaj moviĝis, sed dum ĉiuj komprenis la esencon de la parolado, la bankoficisto jam forestis en la koridoro. Li komprenis, ke necesas rapidi, ĉar tiu evidente malsana ulo ne lasos lin hodiaŭ sekure eliri de ĉi tie. Tamen por li jam ĉio estis indiferenta. Li kraĉas pri la homoj, kiuj atendis ĝuste lin kaj freneze kondutas, pri la kunlaborantoj, pri tio, kion ili pensos pri li, kaj ankaŭ pri la ĉefo mem. Jes, kaj pri la ĉefo li kraĉas dufoje, eĉ trifoje. Memadmira stultulo, li ankoraŭ pagsuferos pro ĉio.

La bankoficisto jam estis kuranta, kaj ne ien ajn, sed rekte al la personara fako. Li eĉ ne pensis frapi, impete malfermis la pordon kaj enkuris tien. En lia kapo regis absoluta ĥaoso. Li volis rememori, kiam lastfoje li estis tiel kolera, sed li ne povis. Iam li pensis, ke li ne estas kapabla je malkaŝa krudeco kaj blinda kolero. Ho, se li nun povus taksi la situacion adekvate… Li trankviliĝus, revenus al sia laboro kaj eĉ ĝis la vespero elpensus pravigojn por si kaj flatemajn vortojn por la ĉefo.

Sed nun la bankoficisto volis nur prezenti petskribon demisian kaj kiel eble plej baldaŭ meti finon al ĉio. Ĝojigis unu fakto – ke neniu scias, kie li estas nun. Do la bankoficisto okupiĝis pri la petskribo. Ankoraŭ unu minuton – kaj li povos forlasi por ĉiam tiujn ĉi abomenajn murojn kaj neniam reveni ĉi tien. Li trovos alian laboron, kie oni estimos lin. Ĝuste tiumomente la viro atingis la punkton, kie li devis enskribi siajn antaŭnomon, familinomon kaj patronomon. Kaj tiam la bankoficisto sentis, ke li estas pelita en senelirejon. Sed de kiu? Kiu hodiaŭ dum la tuta tago detruas ĉiujn liajn planojn, devigante lin plori? Ĉu la taksiisto, la ĉefo, la klientoj? Kaj pro tio, ke li ne povis trovi kulpulon, lia situacio ŝajnis al li ankoraŭ pli malbona.

Sed eble la problemon kaŭzas li mem? Ĉar estas li, kiu ne memoras sian nomon kaj ĝuste tial li malfruiĝis. Kaj se li ne malfruiĝus, li ne devus skribi peton pri demisio kaj denove rememori, ke li forgesis sian nomon. Eble li simple freneziĝas, ĉar kiel do oni povas forgesi samtempe tri vortojn: antaŭnomon, familian nomon kaj patronomon? Se li nur scius almenaŭ la antaŭnomon, li povus fosi en la datumbazo de la banko, kaj tiam eble ankaŭ la plena nomo iel rememoriĝus. Eblus uzi iujn rimedojn, sed la bankoficisto estis tro laca, kaj la decido pri demisio nun, kiel ajn stranga tio estus, ne ŝajnis tiom absurda.

Eĉ plie, la bankoficisto klare komprenis, ke li ne plu volas esti bankoficisto. Kaj la problemon kaŭzis eĉ ne la konkreta institucio, sed la speco de agado. Kiel li ĝis nun ne povis rimarki, ke lia koro tute ne inklinas al tiu laboro? Neniu iam plu nomos lin sinjoro bankoficisto, kaj poste, eble, lia propra nomo riveliĝos. Estis jam sensence resti ĉi tie, ion ajn klarigadi, tumulti, nervozi. Ankaŭ la petskribo estis senbezona: la ĉefo ĉion decidis pli frue ol la bankoficisto. Nun tiu estis libera en siaj agoj, do li foriris. Li tiel rapide kaj kategorie ŝanĝis siajn konsiderojn, ke nun li ne rekonis sin mem kaj iufoje li eĉ ektimis. Tiu lia vivo, ŝtopita per iaj sufiĉe enuigaj kaj sensencaj ritoj, estis por li samgrade fremda, kiel ankaŭ abomeninda.

Tiu ne estas mi, – ripetadis al si la viro, rapidante al la elir-
pordo, – tiu ne povas esti mi. Ju pli proksime li estis al la elirejo,
des pli sufokis la aero en la ejo kaj des pli premis la kravato
lian gorĝon. La viro estis tro nervoza kaj maltrankviligita de
siaj pensoj, kiuj aperadis subite el ĉiuj anguloj de lia konscio
kaj same subite malaperadis, kaj en ilian lokon venadis aliaj,
ankoraŭ pli maltrankviligaj, – li eĉ ne rimarkis, ke lia antaŭe
ronda mentono komencis akriĝi. Kaj nun sur tiu, tiel junule
konturita mentono, aperis apenaŭ videblaj orkoloraj haroj. La
viro premis la manilon de la pordo kaj subite sur lin verŝiĝis,
kvazaŭ el sitelo en la paska lundo, sunradioj kaj agrabla varmo.
Li duonfermis la okulojn, ekmovetis siajn helajn okulharojn kaj
unuafoje en sia vivo rigardis la ĉielon ne per brunaj, sed per
helverdaj okuloj. Per la okuloj de vivoplena strangulo.

Liaj haroj iĝis ĉiam pli rufaj. Tiaj rufaj haroj sur la kapoj de aliaj
homoj ĉiam kaŭzis ĉe li miron kaj intereson. Tio elvokis rideton,
kiel ankaŭ ĉe la ceteraj enuigaj, tedaj brunharuloj-kaŝtanharu-
loj, kiuj, vidinte tian rufulon, kvankam interrigardis kompa-
teme, tamen, se bone pripensi tion, sendube ĉiu el ili ŝatus esti
tiu elektito de la naturo, ŝatus almenaŭ per io distingiĝi. Sed
nun tiu elektito estis li, kaj li devus esti feliĉa, ĉar kun ĉiu paŝo
lentugoj sur lia vizaĝo, kolo, brakoj multiĝis, kaj lia hararo tiel
bele brilis en la sunlumo, ke nun al li komencis rerigardi sen-
ceremonie infanoj, kaj knabinoj iel bonkore ridetis. Kaj la viro
tre ĝojis pri tio, eĉ pli. Tamen la senton "pli ol feliĉa" li ankoraŭ
ne povis plene kompreni aŭ klarigi, sed lia konscio jam laboris
super tio, ĉar baldaŭ tiu stato devus iĝi kutima por li.

La viro neniam forlasis la bankon tiel frue. Kiu do povus
ekpensi, evidentiĝas ja, ke vivo ekzistas en tiu tempo ekster la
muroj de la banko. Kaj ĝi ne nur simple ekzistis. Ankaŭ interne
ĝi ekzistis, sed ekstere ĝi bolis, bolis tiel forte, ke ĝi eĉ elverŝiĝis
trans la randojn de la stratoj kaj disŝaŭmis ĉiudirekte, penetris
en plej malgrandajn stratojn kaj stratetojn, pordejojn, arkojn kaj
parkojn. Tiu vivo per terura tornado traflugis ĉie, turnante ĉiujn
kaj ĉion jen horloĝdirekte, jen inverse. Kaj la montrilo mem

turniĝis tiel rapide, ke homoj konstante ien kuris, interpuŝiĝis, insultis unu la alian, kaj ĉio ĉi estis kaŭzita de katastrofa tempomanko. Kaj ĉio ĉi okazis, ĉar la montrilo moviĝis tro rapide; almenaŭ en la banko la montriloj moviĝis tute alie. La tempo trankvile fluis, fandiĝis kiel butero sur modere varmigita pato, kviete kaj egalrapide disverŝiĝante per la varmaj subtonoj de la subiranta suno en ĉiujn angulojn de la oficejoj en la okcidenta alo de la konstruaĵo. Tie troviĝis ankaŭ lia oficejo aŭ, pli ĝuste, oficĉambro kun lia laborloko.

Ventokirlis. Surstrate ventokirlis, kaj evidentiĝis, ke tiel estas ĉiutage. Tiel estas ĉie, nur ke tio neniam proksimiĝis al la muroj de la banko. Kiam arboj estis elradikigataj kaj rompataj je du partoj, neniu el la folioj fronte al la fenestroj de la institucio iam ŝanceliĝis, kaj tio kaŝis ne nur ajnan kataklismon, sed eĉ ies spiron. Sed eble tiu malbeninda domo havas ion similan al fulmodukto, krom ke anstataŭ fulmo temas pri la vivo, aŭ pli ĝuste pri la vivanta vivo. Jes, precize tia vivanta vivo, kian volas vivi ĉiu normala homo. Kaj eble la ĉefo instalis tiun vivodukton tuj kiam li ĉefiĝis, por ke oni pli bone laboru kaj ne distriĝu per ĉiaj stultaĵoj? Povas esti, sed ŝajnas, ke tiu aĵo estas tie de longe, jam de antaŭ la ĉefado de la ĉefo. Plej verŝajne ankaŭ la ĉefo mem trafis sub ĝian influon. Tio estas kiel turo por poŝtelefona komunikado. Oni simple instalas ĝin sur la plej alta domo kaj ne gravas, ke tio estas loĝdomo (eble tiam estas eĉ pli bone). Ĝi estas instalata de nekonatoj, kiuj petis permeson kaj ricevis tiun permeson de homoj same nekonataj, kaj jam neniu povas protekti sin kontraŭ ties influo. Tiuj moveblaj ondoj senmovigas ion homan (neniu ankoraŭ scias, ĝuste kion) kaj per tio aldonas al si la saman movkapablon.

Antaŭe la viro estus mirigita, se li estus aŭdinta tion de iu. Sed necesas agnoski, ke tiu penso naskiĝis nun ĝuste en lia kapo. La viro pensis, ke ankoraŭ hieraŭ li povus iĝi geografia objekto, ĉar dum la tago lia situo en la spaco estis tiel difinita kaj senŝanĝa, kiel estas difinita la loko de certa, ni diru, vulkano aŭ akvofalo. Ie rande sur la limo inter konscio kaj subkonscio, li volonte pravigus sian, kiel li konsideris, mizeran ekziston almenaŭ per iu parenciĝo kun objektoj de la morta naturo, jam imaginte sin aŭ altega roko, aŭ giganta prahistoria arbo. Ĉar tiuaspekte oni vin konas kaj respektas, kvankam vi faras por tio nenian fortostreĉon, vi simple staras, vi simple ekzistas. Sed li ja estas vivanta homo, homo el karno kaj sango, kiu eĉ nur por simple ekzisti devas konstante streĉi la fortojn – por spiri, akiri manĝaĵon, konsumi tiun manĝaĵon, transformi ĝin en energion. Kaj ĉio ĉi ja necesas por denove esti en certa punkto sur la tera surfaco. Ĉu ne preferindus en ĉi tiu kazo esti geografia objekto? "Preferindus", – pensis la viro.

Sed ankaŭ ĉi tie io malkonvenis, io premis la cerbon kiel tro granda ŝuo, kiu ne premas, sed nur malrapide faras kalon kaj maltrankviligas, maltrankviligas. Jes, certe. Ĉiu geografia objekto havas sian propran nomon. Laŭ ĝi ni povas trovi la objekton sur la mapo, per reta serĉo, ni ja ĉion povas fari, se ni scias, kiel do ĝi estas nomata. Ni povas vojaĝi al ĝi per trajno aŭ petveture, ĉar ĉiu demandito konas ĝin. Ĉiuj almenaŭ unufoje en sia vivo aŭdis tiun ĝian nomon. Kaj nun, en lia kazo, ĉio estas alia. Li estas neniu miraklo de la naturo, kaj li ne havas nomon. Neniu iam en ajna koordinatsistemo lin trovos. Ĉar evidentiĝas, ke li ne ekzistas. Do la fortostreĉo, kiun faras lia korpo, ne sufiĉas por simple ekzisti, kiel simple ekzistas roko aŭ akvofalo. Tiuj pensoj naskiĝis en la kapo de la viro ne tiel konsekvence kaj klare, kiel la supre formulitaj, sed ĥaose, kvazaŭ li ricevis folion kun tiu alineo por kelkaj sekundoj kaj li sukcesis nur ĵeti sur ĝin rigardon, ne klarigantan ĉion. Sed, kiel ofte okazas, li estis konvinkita pri ĉio, kion li eble ne plene komprenis, ne komprenis, sed sciis, ke ĉio okazas ne tiel, kiel ĝi devus.

Sed nun la viro staris meze de la strato kiel roko, tamen ne pro forteco aŭ, eble, firmeco, aŭ pro kio ankoraŭ povas asociiĝi kun roko, sed pro tio, ke li estis iu kvazaŭ nuda, kvazaŭ ne kovrita, nuda kiel nudaj brilaj rokpecoj, sen eĉ unu falinta folio aŭ peco da musko. Kaj se mankus lia klasika nigra kostumo, li opinius, ke li staras meze de la vojo nur en subvestoj, aŭ eĉ sen ili. Li ne sciis, kion li faru kun si kaj kien sin meti, ĉar li simple ne sciis, kien sin metas homoj en tiaj situacioj (kaj ĝenerale ĉu estas registrita en la historio almenaŭ unu tia situacio?). Kaj post ĉio, kion homoj faras en tiu tempo de la tago? Ĉar krom tiuj kiel li, en la mondo svarmas ankoraŭ tiuj, kiuj faras nenion dum tutaj tagoj, aŭ ne povas fari, aŭ ne volas...

La viro sidis en la bushaltejo, kie ĉiutage li atendis buson hejmen. Sidis, kiel ĉiam, senmova, metinte la manojn sur la genuojn. Kaj nur nun li rimarkis strangajn ŝanĝojn. Li memoris siajn manojn. Kio tamen estus memori ion, kion li jam bone konis? Li konis ilin detale, ĉiun artikon, ĉiun makuleton aŭ tranĉvundeton. Kaj la viro sciis ankaŭ, ke li havas grandajn fortajn brakojn kun larĝaj pojnoj. Ne, ne tiajn, kiajn havas farmistoj pro peza laboro, sed kiajn havas homoj kun forta staturo. Sed nun li ne rekonis ilin. Ili estis fremdaj membroj. Estis tiel, kvazaŭ iu ilin impertinente ŝanĝis. La viro devus juste indigniĝi, sed subite la ŝanĝo ekplaĉis al li. Tiuj maldikaj pojnoj, tiuj graciaj longaj fingroj – ĉio estis kvazaŭ kreita por fari lin granda pianisto. Finfine li vere povus iĝi muzikisto. Nun al la viro ŝajnis timiga profaneco tio, kion li neniam atentis, al kio li eĉ rilatis supraĵe. Kiel li dum tiom da jaroj ne akiris muzikan kleron? Kiel multe li perdis kaj kiel multe li ankoraŭ bezonas regajni.

La viro sidis en la haltejo kaj rigardis la homojn. Sed io ŝanĝiĝis ankaŭ en lia rigardo. Li tiel atente observis ĉiujn, kvazaŭ de tio io dependis. Li renkontis iun per sia rigardo kvazaŭ ĝojante pri tio, kvazaŭ li atendis ĝuste lin, kaj sekvis lin per sia same interesita rigardo, ĝis la vojaĝanto malaperis malantaŭ tumultantaj figuroj de aliaj homoj, kaj poste la viro serĉis sekvan objekton por si. Li povis vidi nur malgrandan fragmenton de ilia vivo, eron. Kio do estis antaŭ lia veno al la haltejo kaj kio okazos poste? Li estis kvazaŭ vagabondo kaŝveninta al kinejo neniam vidita de li, kaj kiu nun staras ĉe la pordo de la kineja halo. Sed li havas eblon malfermeti la pordon nur je kelkaj milimetroj, kaj do vidas la filmon nur tra mallarĝa fendeto.

— 23 —

Ĝi estas fendeto tiel mallarĝa, ke nenio estas komprenebla, nur iuj fragmentoj, ombroj, koloroj. Kaj aperas la deziro malfermi la pordon pli larĝe kaj peti permeson eniri.

Kaj kial do la viro elektis ĝuste sian vivon, kaj ne la vivon de jena instruisto kun aktujo aŭ jena muzikisto kun buklita hararo aŭ tiu junulo, kiu kverelas kun sia koramikino, akuzas ŝin pri io, sed tamen ne ellasas ŝian manon? Iu knabeto alkuris al la viro kaj demandis ion, ion tre infanecan, simplan, sed li ne respondis, ĉar li simple ne sciis, kion diri. Li ne sciis, sed ne malvolis. Ĉar la demando estis ne pri interezoj de deponaĵo. Kaj se infano demandus pri la interezo? Ĉu povus tiam la viro eĉ malfermi sian buŝon, ĉu li povus rideti?

La tago estis finiĝanta, kaj al la viro ŝajnis, ke li neniam pli frue vidis tian straton – plenan de paŝtelaj subtonoj. La suno estis subiranta kaj donacanta tian varmon, de kiu neniu emas kaŝi sin en la ombro, neniu plendas. La viro sidis sur benko en parko, submetante la vizaĝon al la varmaj radioj. La nigra klasika kostumo ŝvitigis iomete, kaj ne tro taŭgis por antaŭvesperaj promenadoj, sed la viro ne rapidis hejmen. Li demandis sin, kiam li iĝis tiom sentimentala, sed poste li konkludis, ke verŝajne li simple konas sin malbone. "Nu, tio estas tute ne malbona fino de la tago", – pensis la viro. Finfine li povas aranĝi sian vivon en deca maniero. Li dediĉos pli grandan atenton al sia fianĉino, pli bone prizorgos la maljunan patrinon. Li bone ripozos dum kelkaj semajnoj hejme, do sana dormo kaj multkaloriaj hejmaj manĝaĵoj faros sian efikon. Resaniĝi estas simple lia devo. Ĉar li jam vidis, en kiun absurdan situacion puŝas homon memormankoj. Kurte dirite, tio ne plu devas okazi denove. Li povus tuj iri hejmen kaj ĝojigi la patrinon per sia novaĵo.

La viro jam imagis ilian renkontiĝon, ŝian ĝojan vizaĝon. Sed ne, li decidis ankoraŭ iomete sidi sur la benko kaj admiri la sunsubiron. Fakte, en la subiro mem li vidis nenion eksterordinaran, simple estis agrable fari nenion, eble unuafoje en la vivo sidi kaj nenion pripensi, observi, kiel homoj iradas tien kaj reen, ĉiuj okupitaj pri io, gravmienaj. Tiel la viro sidis ĝis la unuaj lanternoj eklumis kaj stratmuzikistoj lokiĝis sur la apuda aleo kaj ludetis iun tristan melodion. Ĉiuj tiuj cirkonstancoj: kaj la varma vetero, kaj la senbrila lumo de la lanternoj, kaj la malgajetaj violonsonoj – ĉio kvazaŭ konspiris por luli la viron. Jam en agrabla stato de duondormo al li eĉ ŝajnis, ke tiom feliĉa li estis ankoraŭ neniam. Ĉio okazis, kiel devis okazi. Kaj antaŭ li atendas nova feliĉa vivo. Vivo, kiun li ne povis imagi, ĉar li simple neniam ĝin vidis, neniam ĝin ĝuis, sed sciis ĝuste: io pli bona estas preparita por li.

Io laŭte kaj monotone frapadis. Ŝajnis, ke tiu frapado tuj fiksiĝis en la kapo. Kvazaŭ iu batfaris gigantan truon en la kranio. Eble tio estis horloĝo, almenaŭ li ĝis nun opiniis, ke tio estas horloĝo. Aŭ li sonĝis, ke tio estas horloĝo. Sed nun li ne estis tute certa pri tio. La viro malfermetis la okulojn. Li estis kuŝanta sur la benko en la sama parko, metinte ambaŭ brakojn sub la kapon. Giganta arbo, kiu pendis super la benko, protektis, kiel ĝi povis, la viron kontraŭ la pluvo, sed akvo tamen trovis fendojn en la foliriĉa krono, kaj dikaj gutoj falis unu post la alia sur lian vizaĝon, fluante per maldikaj rojetoj sur la mentonon kaj la kolon. Ekstere malvarmiĝis, do la viro ŝrumpigis sin, kiel li nur povis, albrustiginte la genuojn.

Kiom longe li dormis? Li ne sciis, kioma horo estas, sed konsiderante la fakton, ke troviĝis proksime eĉ ne unu homo, certe estis tre malfrue. La viro sidiĝis. Li subite tiel malvarmiĝis, ke li nevole komencis froti la nudajn manojn. Kaj nur nun li rimarkis, ke lia vesto estas ne tiu, kiun li surhavis, kiam li endormiĝis. Lia multekosta nigra kostumo malaperis, kaj anstataŭis ĝin teruraj ĉifonaĵoj. Estis grasmakulita sportpantalono kun truo sur la dekstra genuo, kaj krome tro larĝa, do li devis firme ligi ĝin sur la talio. Ankaŭ la subĉemizo havis ne lian dimension, krome ĝi estis malseka. La viro provis kompreni, kio okazis. Kiel li povis ne senti, ke iu ŝtelas liajn vestojn? Li streĉis sian memoron, sed ĉiuj rememoroj finiĝis per agrabla muziko en la parko kaj lanternoj. Kaj ĝenerale li dormis mirinde profunde kaj tre bone ripozis. Eĉ hejme, en la varma lito, li ne ĉiam sukcesis dormi tiel senzorge. Sed se tiuj personoj ankoraŭ estas ĉi tie kaj observas lin? Eĉ unu penso pri tio timigis la viron.

Li stariĝis kaj, ne retrorigardante, eliris el la parko. Pro la neeltenebla malvarmo li la tutan vojon brakumis siajn ŝultrojn. La viro komprenis la ridindecon de la situacio kaj kiel stulte li aspektus, se li subite renkontus iun el siaj konatoj. Sed feliĉe ĉiuj liaj konatoj estas respektindaj homoj, kiuj en tiu tempo de la tago ne promenas tra la senhoma urbo. Kompreneble, se okazas foje, ke ili volas noktomeze ien veturi, ili prenas sian aŭton aŭ taksion. Kaj en tia aspekto la viron neniu rekonus, eĉ se li proksimiĝus preskaŭ ĝis kontaktiĝo. Sed la plimulto de liaj konatoj laboris en la banko, kaj la bankon li absolute ne volis rememori, do li forlasis tiun enuan meditadon. Preferindus pensi pri io agrabla. Kaj la viro imagis siajn liton, ĉambron, librojn. Li atingu rapide sian hejmon kaj finu tiun teruran ĉenon da okazaĵoj. "Morgaŭ ĉio ŝanĝiĝos – li diris al si – morgaŭ ĉio ordiĝos".

Tiel pensante, la viro nevole ekkuris. Tiel li povis almenaŭ iomete varmiĝi kaj pli rapide atingi la hejmon. Post malpli ol duonhoro li atingis la antaŭurbon, sian straton kun bonordaj unu- kaj duetaĝaj domoj. Tie la viro eksentis sin pli certa. Al li ne plu ŝajnis, ke li estas observata. Jam apud sia domo li haltis por normaligi la spiradon. Li kurbiĝis, apogis sin per la brakoj kontraŭ la genuoj, staris tiel dum minuto, rektiĝis kaj ekiris al la pordeto. Kaj li subite rememoris, ke li ne havas ŝlosilojn. Li ĉiam opiniis, ke ŝlosi la pordon estas senbezona laboro, la patrino ĉiam ŝlosis kaj konstante provis konvinki lin, ke sekurrimedoj neniam estas superfluaj. Kiel oni povas zorgi pri ĉiaj sensencaĵoj, kaj poste trankvile enlitiĝi, kiam via filo ankoraŭ ne venis hejmen por nokti kaj oni ne scias, kio okazis al li? Certe, li jam delonge ne estas malgranda knabo, sed antaŭe li neniam faris tion. Kaj ĉu tia okazo ne devus maltrankviligi proksiman homon? Jes, ŝi vere estis proksima al li kaj ŝian foreston li certe rimarkus, sed ĉu li estis tiom proksima al ŝi? Nun li koleris kontraŭ si pro tiu stulta demando, ĉar la konkludo trudiĝis de si mem, sed li ne volis respondi tiel, almenaŭ nun. Ĉar nun, pli ol iam, li bezonis certecon pri iu. Eble se la viro ne estus tiom laca, li ofendiĝus kontraŭ la patrino, sed nun tio lin ne koncernis. Li sukcesis almenaŭ pri la barilo. Ĝi estis sufiĉe alta, sed ĝin povus transgrimpi eĉ antaŭlernejano. La viro alkroĉiĝis je la forĝitaj elstaraĵoj kaj post kelkaj sekundoj estis jam sur sia korto. Li alvenis la enirpordon kaj frapis delikate por ne timigi la patrinon. Sed neniu venis al la pordo. Ŝajnis, ke li vere ne estas atendata. La viro frapis denove pli laŭte, kaj poste sonigis la pordosonorilon. Post kelkaj minutoj aŭdiĝis paŝoj. Ne, tio ne estis rapida irado de nervoza homo, kiu ne dormis la tutan nokton kaj estis atendanta tiun longe atenditan sonon de la pordosonorilo. Tio estis kutima malrapida skrapado de pantofloj de maljunulino. Ŝi ankoraŭ iomete bruis, probable gvatante la viron trans la pordo.

– Kiu?

La viron tiu demando konsternis. Li preskaŭ ne sentis lacecon, sed pli kaj pli koleris.

– Panjo, tio estas mi. Malfermu pli rapide, ĉu vi ne vidas, kioma horo estas?

La pordo malfermiĝis nur tiom, ke la majunulino povu ŝovi en la mallarĝan fendon sian nazon kaj la dekstran okulon. Sed ankaŭ unu dekstra okulo sufiĉis por ekvidi malpuran nerazitan vagulon kun amaso da rufaj haroj sur la kapo. Nenio en li ŝajnis konata al la virino, nek la laca rigardo de la enkaviĝintaj okuloj, nek lia tro magra figuro tremanta pro malvarmo. Estis evidente, ke la patrino tre timas.

– Iru for, malpura fiulo, se ne, mi tuj vokos la policon!

Ŝi intencis jam fermi la pordon kaj vere telefoni tien, kien ŝi promesis. Sed la viro ankoraŭ ne komprenis la tutan seriozecon de la situacio, kiu jam komencis inciti lin. Li ĝustatempe sukcesis ekkapti la randon de la pordo kaj tiris ĝin al si.

– Mi estas ja via filo. Kio okazas al vi, ĉu ankaŭ vi partoprenas en tiu komploto kontraŭ mi?

Sed la virino ne rapidis respondi. Ŝi estis tiel timigita, ke ŝi retroiris en la internon de la ĉambro, ĝis ŝi apogis sin al la kameno. Sed ŝi ekregis sin kaj, kiam la viro surpaŝis la sojlon, kaptis per kamenŝovelilo kelkajn karberojn, kiuj tuj flugis en lian direkton. Unu el ili falis sur la plankon apud liaj piedoj, sed la dua trafis lian orelon kaj dolore brulvundis lian haŭton. Li subite ekkriis pli pro neatenditeco ol pro la ricevita traŭmato, kaj kuris eksteren. La pordo subite brufermiĝis malantaŭ lia dorso.

– Mia filo estas bankoficisto! Kaj se vi almenaŭ unufoje estus vidinta lin, vi nun ne aŭdacus nomi vin kiel li! Porko senhejma.

La viro malsuprenkuris la ŝtuparon kaj ĵetis sin sur la vojeton sub sia fenestro. Li sidis sur la malvarma cemento ĉirkaŭbrakante siajn genuojn kaj amare ploregis. De la kapo ĝis la piedoj li estis kovrita de koto, el lia orelo fluis sango per varmaj fluetoj. La antaŭnelonga ŝoko pro la okazintaĵoj spertitaj subpremis por kelkaj minutoj la doloron, sed nun, iomete trankviliĝinte, la viro sentis, ke doloras ne nur la orelo, sed la tuta kapo kvazaŭ rompiĝis. Ĉio ŝajnas senespera, la vivo ne plu havas sencon. Li freneziĝis aŭ freneziĝis ĉiuj, kiuj konas lin, pli ĝuste, kiuj konis lin. Kion fari plu, se vin ne rekonas via propra patrino? Eble, li vere ne estas tiu, kiun li al si ŝajnigas, eble li loĝas ne ĉi tie kaj la reago de tiu maljuna sendefenda virino estas natura kaj tute logika?

Post iom da tempo la viro eble konsentus kun tiu versio, sed subite li eksentis ion varman sur sia mano, kiu kuŝis sur la cemento kiel iu fremda kaj nenecesa aĵo. La viro havis tian kapdoloron, ke li ne tuj komprenis la devenon kaj fonton de la subita varmo. Li malfermis la okulojn kaj ekvidis sian grandan hundon lekantan lian manon. La hundo svingis vigle la voston ĝojante pri la ĉeesto de la mastro kaj poste komencis leki lian vangon. La viro estis tiom kortuŝita, ke li surgenuiĝis antaŭ la hundo, brakumis ĝian kolon kaj ne ĉesis plori. Li karesis ĝin seninterrompe profundigante la fingrojn en la densan hundan hararon kaj ĉiufoje trafis tuberojn da malpuraĵoj kaj lapoj. "Delonge neniu flegis vin", – pensis la viro.

Tiel duope ili pasigus ne sciate kiom da tempo: la hundo – lekante la mastron, kaj la mastro – plendante pri sia vivo, se ne intervenus lia kolerega panjo, kiu, kiel evidentiĝis, ne estis tiel sendefenda. Al ŝi videble ne plaĉis la ĉeesto de iu senhejmulo sur ŝia korto. Ŝi rigardis de tempo al tempo el la fenestro lian kurbiĝintan korpon sube apud la florbedoj kaj febre pripensis variantojn, kiel ŝi povus forpeli lin de tie. Kaj ŝi elektis la seneraran. Malgraŭ la tro frua horo, la virino komencis sence-remonie telefoni al la plej proksimaj najbaroj, sciigante, ke sur ilia strato aperis almozulo, kiu nokte transgrimpas barilojn kaj, kvazaŭ hejme, promenadas en fremdaj kortoj, torturas hejm-bestojn, kaj eĉ provas eniri perforte la domon. Kaj ĝuste nun li estas kuŝanta senĝene sub ŝia fenestro. Ilia reago, kompreneble, estis fulmorapida.

La viro ne tuj rimarkis, ke en la najbaraj domoj oni komen-cis ŝalti la lumon. Jam kiam ekstere ekbruis, li ekvidis, ke sam-tempe en pluraj kontraŭaj domoj malfermiĝis la pordoj, kaj la najbaroj ne dormas, kaj kelkaj el ili eĉ rigardas el la fenestroj. Kelkaj kuraĝuloj, arminte sin per improvizitaj armiloj – rulglat-igiloj, bastonoj, kaj kelkaj eĉ per tranĉiloj – estis survoje al lia pordeto. La viro ne tuj komprenis la danĝeron, sed la hundo jam delonge estis graŭlanta, ĉiumomente preta ĵeti sin kontraŭ neinvititaj gastoj. La lumo de iliaj poŝlampoj jam estis glitanta laŭ florbedoj kaj vojetoj antaŭ la domo. Ankoraŭ iomete, kaj la lumo falos sur lian kurbiĝintan figuron apud la domo. Kaj tiam li jam ne eskapos.

Nekompreneblaj vigleco kaj energio ekkaptis la viron tiel subite, ke li ne rimarkis, kiel rapide li ekkuris kaj ĝustatempe kaŝis sin malantaŭ la domo. "Tio estas, verŝajne, io simila al ebrieco, kiu donas al dormema kaj laca homo fortojn por danci kaj amuziĝi ĝis la mateno", – jam poste pensis la viro, kvankam li neniam havis okazon esti en tiu stato de ebrieco. Sed li sciis, ke ĉio okazas proksimume tiel. La viro kun knaba facileco trans-saltadis la najbarajn barilojn, preterkuris dekorajn nanetojn sur kortoj, kaj nun la krioj kaj tumulto restis fore malantaŭe.

"Ĉu ĝuste tio estas mia hejmo, ĉu ĝuste tio estis mia hejmo?" – pensis la viro, nun jam firme decidinte ne plu reveni ĉi tien. Kiel li povis vivi inter tiuj homoj? Certe, ĉiu normala homo por ĉiam forirus el la loko, kie li aŭ ŝi ĉiam povas esti mortigita de la propraj najbaroj. Jes, en la estonteco li devos elekti hejmon, kie radiuse de dudek kilometroj loĝos neniu homo – tio estas minimuma. Prefere loĝu hundoj. Subite la viro rimarkis, ke apud li trotetas lia hundo. Kaj tio estis la sola pruvo, ke li estas li, kaj ne iu vagabondo, almozulo aŭ ŝtelisto, sed viro, kiu loĝas tie ĉi kaj estas la mastro de la hundo. Ĉar hundoj estas fidelaj nur al siaj mastroj. Kaj tiu mallaŭta trotetado estas lia plej bona hodiaŭa okazintaĵo.

La viro kaj la hundo proksimiĝis al bonstata domo ĉe alia rando de la urbo. La domo estis preskaŭ la sama, kiel lia propra, kaj ankaŭ la strato per nenio diferencis. La viro plurfoje pensis, ke se li iam nokte estus devigita trafi ĉi tien sen scii ĝuste, kie li estas, li ne komprenus, kie li troviĝas, kaj eble eĉ enirus la domon, pensante, ke ĝi estas lia propra. Sed en tiu simileco la viro vidis nur pozitivaĵon. Iam li edziĝos al sia fianĉino (tio devos iam okazi), tiam li ne devos kutimiĝi al ĉio nova, ĉar ĉio estos preskaŭ la sama, kiel antaŭe. Certe, eblos transloki la meblaron, por ke ĉio estu ankoraŭ pli kutima. La viro ŝatis nenion novan. Precipe, kiam tio nova minacis aperi en lia vivo tro ofte, ĉar tiam li estos devigita kutimiĝi al tio nova. Kaj ĉar lia vivo estis kontinua kutimo, firmiĝinta dum multaj jaroj, do necesus simple interŝanĝi sian vivon kontraŭ la nova, malgraŭ ke la malnova tute taŭgis al li. Do lia fianĉino devis dum multaj jaroj resti fianĉino, kaj la vorto "iam" en la frazo "iam tamen estos devigita" ankaŭ poste signifis senfine longan kaj nedifinitan tempoperiodon.

Neniam en tia aspekto la viro venis al sia fianĉino. Sed ĉu tio iel gravas? Nun li pensis pri ŝi kun tiaj tenereco kaj sindonemo, kiel neniam. Ŝin, li havis nur ŝin, la solan personon en la mondo, la solan, kiu povas kompreni lin kaj kompati. Tuj li banos sin, kaj ŝi kuiros jam verŝajne matenmanĝon. Kaj li rakontos al ŝi ĉion. Kaj ili kune priparolos liajn ĉefon kaj najbarojn (la patrinon li decidis ne tuŝi). Kial li ne rimarkis antaŭe, kiel forte li amas sian fianĉinon? Jes, li diros al ŝi pri tio hodiaŭ. Ne, li diros eĉ pli – li proponos geedziĝi. Eĉ ne vivi kune, kiel ŝi volis, sed geedziĝi. Estos ĉio: blanka robo, olivoj, kiujn li ne povas toleri... Olivoj en ĉiuj manĝaĵoj. Estu eĉ oliva kompoto – tio estas indiferenta por li. Kaj ankoraŭ li mendos ne du kolombojn (vivu ili bone!), sed eĉ dudek, kiel ŝi volis, kaj ili ellasos tiujn po paro dum la tuta vespero. Li deprenos la monon ŝparitan dum la tuta vivo kaj elspezos ĝin ĝis la lasta kopeko por ke restu neniu postsigno de tiu mono – la mono perlaborita en la banko. Estas strange, ankoraŭ hieraŭ li timis panike malfruiĝi tie, kaj jam hodiaŭ estas abomene eĉ rememori tiun institucion. Kaj ĉio ligita kun ĝi estas abomena. Kiel li povis ne rimarki, ke li ne ŝatas tiun laboron, ke ĝi ne estas lia, ne taŭgas por li, ke li ne estas amata tie, ke, finfine, li estas amata ĉi tie, en ĉi tiu domo?

Li devus havi florojn kaj ankoraŭ ion, eble bombonojn. Jes, lia fianĉino ŝatas bombonojn, kaj krome – ĉio estu en belaj skatoletoj, tiaj diverskoloraj, eble, eĉ kun brilaj rubandoj. Tiel pensis la viro forigante de si sekiĝintajn glebojn el florbedoj, kiuj algluiĝis kiel grandaj patkukoj, dum li kaŝis sin de la najbaroj. Se li havus spegulon, li vidus kaj la malhelan sekiĝintan flueton de sango, kiu atingis eĉ la kolon kaj poste transformiĝis al malpuraj makuloj sur la malpura subĉemizo de nekomprenebla koloro, kaj fremdan vilan rufan hararon, kaj fremdan malgrasan vizaĝon kun klare konturitaj zigomoj, kaj fremdan longan kolon, kaj fremdajn konveksajn klaviklojn. Sed la viro ne havis spegulon, do vidi tion li ne povis, kiel ankaŭ la tutan aĉecon de sia aspekto, sed nur sentis, kiel la sekiĝinta sango kuntiras lian haŭton kaj jukas. De tempo al tempo li palpadis sin, kiel blinda skulptisto skulptaĵojn, kaj miris, kien malaperis liaj vangetoj kaj de kie aperis tiu ĝibaĵo sur la nazo. Ŝajnis, ke tio estas iu miskompreno, kiel estis miskompreno ankaŭ ĉio okazinta al li ĝis nun.

Por ne timigi sian fianĉinon per tiel frua alveno, la viro decidis atendi ĝis ŝi ekiros al sia laboro. Tiam li aliros ŝin kaj diros ĉion kiel estas, aŭ fakte, kiel estis. Ĉio plej malbona restas jam malantaŭe. Kaj tiam li kaptis sin ĉe la penso, ke io simila jam ie estis, iam li sentis la samon, eĉ ne iam, sed kiam li rapidis hejmen al sia patrino. Sed li tuj forpelis tiujn pensojn kaj sidiĝis, forte ĉirkaŭbrakinte siajn genuojn, sur la bonorde tondita razeno ĉe la barilo de sia fianĉino. Ankoraŭ iomete...

La viro vekiĝis pro la knaranta pordeto. Diketaj mallongetaj kruretoj, firme premitaj en ŝuetoj kun blankaj viletoj, preterkuris je la nivelo de liaj okuloj kaj direktis sin al la vojo. Ekkonsciinte, ke io iris ne laŭ la plano, do ne tiel, kiel li imagis, la viro eknervoziĝis. Kaj li imagis tiun renkontiĝon jene: komence li eble preparos sian fianĉinon al sia aspekto, kriante al ŝi ion similan al "pardonu, mi nun klarigos ĉion". Sed por tio nun jam estis tro malfrue. La koro ekbatis freneze, kaj en la oreloj io ekfrapis... La viro volis rapide ekstari kaj rektiĝi por almenaŭ tiamaniere alpreni homan aspekton, sed nun li estis evidente ne en la plej bona stato (finfine, li neniam estis en plej bona stato, des malpli nun). Do anstataŭ rektiĝi kordosimile per sia tuta vira beleco, li faris iun strangan impetan ranan salton. Sed anstataŭ surteriĝi rane sur siajn kurbiĝintajn krurojn (nu, almenaŭ tiel), li simple sterniĝis antaŭ la vilohavaj ŝuetoj kun la samaj blankaj peltaj kvastoj kaj ankoraŭ iuj ornamaĵoj, kiujn ordinara persono, estante en normala spaca pozicio sur la strato, neniam rimarkus. Sed la viro nun tre bone vidis ilin, ĉar li rigardis tiujn aĵetojn de tute proksime. Li ankoraŭ ne sukcesis kompreni, kio okazis, kiam lia fianĉino pufeta kaj pepvoĉa, kaj, juĝante laŭ ŝiaj ŝuoj, ankaŭ senigita je gusto, kiu jam antaŭ la apero de la viro eksentis strangan odoron kaj kontinue faris malkontentan mienon, premis la manilon, laŭte ekpepis kaj reflekse ekskuis sian krureton kun tia forto, kiu estis atendebla de neniu, kaj trafis ĝuste la bruston de la viro. Post tio ŝi, tutkorpe tremante kaj konstante retrorigardante, kvazaŭ la viro, kiu nun tordiĝis sur la herbo pro doloro, povus kuratingi ŝin, ekfrapetis per siaj kalkanumoj irante la straton malsupren.

Nun la vivo de la viro akiris almenaŭ iun difinitecon, kaj tiu difiniteco konsistis en tio, ke li difinis la tutan aĉecon de sia ekzisto kaj perdis ajnan fidon al iu. Tagoj pasis, kaj poste semajnoj, kaj li daŭre sidis ĉe la barilo kiel senhejma hundo. Li jam delonge ĉesis rekoni sian spegulbildon en postpluvaj flakoj. Li similis la homon de Neandertalo. Pri la homoj de Neandertalo la viro sciis nenion, aŭ eble tamen ne tute nenion: iam, ankoraŭ en lernejo, li ja ion aŭdis pri ili, sed antaŭ longe forgesis. Nun li mem similis bildon el paĝoj de lernolibroj pri historio, almenaŭ li estis same timiga kaj vila. Lia densa, nun jam bukla hararo komencis tre tedi. En ĝi aperis kaj multiĝis teruraj mordemaj estaĵoj. "Eble pedikoj" – pensis la viro, sed certe scii tion li ne povis, ĉar li ankoraŭ vidis neniun pedikon propraokule. Kiam li buliĝis por dormi, la barbo, kiu jam estis iom kreskinta, tiklis lian kolon. Sed tio estis negravaj ĝenoj en komparo kun la sekvoj de la forta bato per la ŝuo. Kun ĉiu enspiro kaj elspiro al la viro pikis en la brusto tiel, ke li ĉirkaŭbrakis la bruston eĉ en la dormo. Kvankam lastatempe la doloro ŝajne iom kvietiĝis. Aŭ la rompita ripo kunkreskis (se tio estis ripo), aŭ li simple alkutimiĝis al la doloro. Lia haŭto senĉese jukis. La viro tiom malgrasiĝis, ke lia (tio estas, ne lia) pantalono flirtis en la vento, kvazaŭ ĝi pendus sur ŝnuro. Li kutimiĝis manĝi nemulte kaj neregule. Fojfoje lokaj hundoj alportadis iun nutraĵon, pli ofte homoj ĵetadis manĝaĵrestaĵojn aŭ malfreŝan manĝaĵon. Kelkfoje la viro sukcesis kaŝveni sur ies bedon kaj tie dank'al siaj jam longaj ungoj rapide elfosi kelkajn legomojn.

Li vagadis laŭ la strato, kie loĝis lia fianĉino, kvankam tio okazadis nun ĉiam pli malofte. Pli ofte la viro, malpura kaj malsata, simple kuŝis sur la gazono ĉe ŝia barilo. Post tio, kiam li lastfoje provis alparoli sian fianĉinon, pasis ne tiom multe da tempo en komparo kun lia imago pri tio, kaj li imagis, ke ĉio estis almenaŭ en la pasinta vivo, kiam li ankoraŭ ne estis homo de Neandertalo. Nun la viro jam ne memoris, kial ĝuste tiun personinon li konsideris malfremda aŭ preskaŭ malfremda, ja tiel aŭ alie ŝi iam estis parto de lia vivo. Nun ŝi per nenio distingiĝis por li de aliaj loĝantoj de la strato. Kaj la elekto de lia loko por la kuŝado atestis nenion. Iufoje, kiam ŝi rapide trotetis per siaj pufaj kruretoj preter lia tordiĝinta korpo kaj rigardis abomene al li, en liaj okuloj oni povis ankoraŭ rimarki ion similan al espero, ke ŝi rekonos lin. Iufoje li eĉ levis sian vizaĝon, por ke ŝi povu pli bone esplorrigardi lin, kaj eĉ ne moviĝis. Sed ĉio, kion li sukcesis, estis nur malfreŝa bulketo, kiu, verŝajne, tro longe kuŝis en la kuirejo, malmoliĝis kaj nun flugis en lian direkton, batinte lin ne pli malbone ol malgranda ŝtono. Estis neniu hezito en ŝiaj okuloj, neniu kuntiriĝo de vizaĝmuskoloj, neniu gesto. Nenio indikis, ke ŝi traktas la viron kiel almenaŭ proksiman biologian specion. "Sed kial? – ofte demandis sin la viro. – Ni ja estas ne nur nia eksteraĵo. Devas esti ankoraŭ io, kio permesos al homoj rekoni unu la alian, eĉ kun fermitaj okuloj". Kaj tiam la viro teruriĝis, rememorinte, ke li jam estas alia persono kaj ke li tre volis tion kaj ripetadis tion al si mem ĉiutage. Ja li ne plu estas bankoficisto, li estas ordinara homo. Li volis novan vivon, sed neniam pensis, kia ĝi devas esti. Sekve nun li havas tiun novan vivon kaj devas ĝoji.

Somere, kiam estis varme kaj la akvo estis varma, li permesis al si malsekiĝadi en la rivero, ebligi al la malpuraĵoj sur la korpo solviĝi en malhela agrabla likvaĵo. La viro kuŝis surdorse apud la bordo mem, enakviginte la vilan kapon, tiel ke li vidis nur la finaĵon de sia barbo. Tiam la brusto preskaŭ ne doloris kaj pedikoj jam tute ne ĝenis. Tiuj estis la plej agrablaj momentoj de lia vivo. Nun li komprenis, ke homo povas havi ankaŭ aliajn malgrandajn plezurojn, ne nur tiujn, kiuj rememoriĝis de la pasinta vivo. Sed ankaŭ tiuj ne estis liaj propraj plezuroj, sed nur tiuj, pri kiuj li simple aŭdis. Kaj aŭdis li pri bilardo kaj kegloludo, kaj pri amikaj vesperoj, kaj eĉ pri ĉeval-vetkuroj. Kaj se li estus aŭdinta pri homo, kiu noktomeze dum horoj kuŝas en la rivero, li ne estus kredinta, ke tio povas esti amuza kaj agrabla, eĉ necesa. Foje sur la bordo li eĉ trovis puran ĉemizon. La viro hezitis, ĉu indas preni ĝin, ĉar iu povas reveni por preni ĝin, sed blovis la vento kaj lia maldikega, tremanta korpo de si mem plonĝis en la ĉemizon. Pri la pantalono li ne havis tian fortunon, do ĝi same kiel antaŭe plu flirtadis kiel du flagoj ĉirkaŭ liaj kruroj.

La rivero iĝis la preferata loko de la viro, sed bedaŭrinde dumtage li ne povis esti tie. Dumtage homoj ĉe la rivero ĵetflankiĝis de li, diskuradis kiel de kamikaza teroristo provizita de eksplodaĵoj. Ŝajnis, ke la homoj pli bone akceptus piranjojn en la akvejo, kie estis ankaŭ ili mem, ol la ĉeeston de lia osteca senkulpa korpo. Do tage la viro plu apogis sin al la kutima barilo, ĉirkaŭbrakante sin. La pasantoj delonge ne plu protestis kontraŭ lia ĉeesto kaj simple ne atentis lin. En la brusto dume plu pikis iufoje, la haŭto jukis kaj la ventro kaviĝis kaj donis al la figuro de la viro strangan konkavan formon. Kial li toleras ĉion tion? Iufoje la viro eĉ forgesis, kiel estiĝis ĉiuj ĉi ŝanĝoj en lia vivo, kaj tiam al li ŝajnis, ke li naskiĝis ĝuste tie ĉi, ĉe la sama barilo, kaj jen tiel li mizeradis dum la tuta vivo. Sed kiam la viro komencis foliumi ĉion en la memoro, li komprenis, ke tute egale li ne estus povinta fari alie. Li ne povus resti en la banko, eĉ se li scius, kiujn konsekvencojn tio tiros. Tiam li bezonis pli liberecon ol nun pecon da pano kaj varman veston. Kaj nun nenio devigus lin reveni al tio, kio estis antaŭe. Prefere estu tiel, sur la nuda tero. Almenaŭ tiam vi scias, ke tiu tero estas kaj povas esti nuda, kaj ne kovrita per asfalto. Kaj vi povas esti, ekzemple, Miĥajlo aŭ Vasil, kaj ne bankoficisto kiel centoj da aliaj bankoficistoj.

Interalie, en siaj multenombraj plagoj la viro forgesis rememori sian nomon, eĉ se tio estas tiom grava por li, almenaŭ estis grava iam. Li devas rememori la nomon, ĉar alie la tuta ideo, tiu ventokirlo, kiu pasis tra lia vivo, estus tute sensenca. Do la viro komencis adapti antaŭnomojn kaj patronomojn unu al la alia kaj poste iujn familinomojn aŭditajn ie kaj iam. Li ripetis ilin denove kaj denove, sed malsukcesis en ĉio. La viro eĉ komencis elparoli laŭtvoĉe. Sed tie li evidente bezonis helpon de iu alia, kiu lin konis aŭ konas. La penso mem pri tio ŝajnis al la viro ridinda, ridinda tiom, ke li preskaŭ ekploris. Kaj li decidis firme elekti novan nomon por si, eble eĉ pli bonan ol la antaŭa, kaj ekvivi novan plenvaloran vivon. Kaj la viro vere faris tion, elektinte por si la nomon Petro. Sed ial la nomo Petro ŝanĝis nenion. Ŝanĝiĝis nek la medio, nek la doloro en la brusto, nek la kutima ĉiutaga malsato. Sendube, la viro Petro nun sentis sin multe pli certe. Li provis rektigi la dorson kaj ne ĝibeti tiel multe, ja li antaŭe ĉirkaŭprenadis sin per la brakoj por kiel eble plej bone fiksi la torakon kaj faciligi la spiradon. Foje li firme ĉirkaŭbrakis siajn genuojn kaj sidis tiel, fermita de ĉio, kiel konketo. Pro la konstanta maltaŭga korpa pozicio la dorso rigidiĝis, kaj nun estis malfacile rektigi ĝin. Sed la viro penis per ĉiuj fortoj. Kaj krome, ĉiutage iĝis pli malvarme, alproksimiĝis malfrua aŭtuno. Nun eblis nek satkuŝi en varma akvo, nek akiri manĝaĵon en legomĝardeno. Nun ĉiuj liaj pensoj estis pri tio, kiel varmiĝi, simple resti viva, ne trovi sin iumatene en glaciiĝinta ŝtoniĝinta korpo kaj neniam plu ekstari. La situacio turnis sin al danĝera direkto. La viro komprenis, ke nun li devas ĝislime streĉi ĉiujn siajn fortojn, por povi vivi almenaŭ tiun mizeran vivon. Kaj vivi, kiel li nun sentis, li volis treege. Nun li provis pli moviĝi, kvankam tio kaŭzis eksterordinaran doloron. La viro vagadis tra la stratoj de la nokta urbo ĉiutage, timante resti en unu loko, por ne frostmorti, kiam venos la unuaj frostoj. Kaj tio estis tuj okazonta.

Li devis ion fari aŭ akcepti la morton. La viro jam delonge forgesis pensi pri sia nomo, eĉ pli: nun tiu pensado ŝajnis absurda. La sorto mem dismetas prioritatojn tiel, kvazaŭ ĝi mokus nin. Do ankaŭ nun ĝi eĉ mokridegis pri li, kvazaŭ dirante: "Homo, kio ja estas nomo kompare kun la vivo?" Kaj la viro pli kuntiriĝis kaj ĉiam rigardis ĝin kiel batita hundo la mastron. Kaj eble vere oni ne povas mem elekti sian vojon, ne povas iĝi tiu, kiu neniam estis, eble, vi devas vivi la vivon, kiu estas por vi preparita, eĉ se ĝi estas tute hazarde preparita de iu, kiu ne pensis kaj ne demandis vin? Sed ĉu iu demandas bebon, donante al ĝi nomon ĉe la naskiĝo? Ĉu tiu bebo havas rajton plendi, kiam ĝi infaniĝos, pri sia malkonvena nomo, se en la decida momento, kiam ankoraŭ eblus ŝanĝi ion, ĝi simple ne povis paroli?

Ŝajne kun la unuaj frostoj al la viro venis la unua laciĝo. Li laciĝis elŝiri ĉiun tagon el sia ekzisto kvazaŭ el ies dentoza buŝego. La viro sidis sur la benko kovrita per prujno, kaj laceco densiĝis tiel, ke li eĉ ne havis forton por froti la man- kaj piedfingrojn, kiuj jam brulis pro la malvarmo. Kaj li nur rigardis, ĉu ili ankoraŭ ne nigriĝis, ĉar se jes, tiam ekzistos neniu senco retrorigardi tien, al la konstruaĵo malantaŭe. La viro ĉiam pli tiris sur sian kapon plejdon, ŝtelitan de ies perono, kvazaŭ kaŝante sin de tio, kio atendis lin malantaŭ lia dorso. Forta vento, kiu ĵus ekblovis, disĵetis neĝon ĉiuflanken. Neĝeroj kirliĝis furioze kaj haltis nur sur la barbo, brovoj, hararo de la viro, alfiksiĝis al la okulharoj, amasiĝis sur la genuoj. Homoj tumultis kaj poste rapide malaperis jen en la domoj, jen en la busoj. Post momento malaperis la spuroj de la lastaj pasantoj kaj de senhejmaj hundoj. La horizontlinio fariĝis poiome pli malpreciza kaj poste tute malaperis. Kaj ŝajnis, ke jen ĝi estas ĉi tie, ĝuste antaŭ lia nazo, apenaŭ videbla malantaŭ la blanka neĝo tranĉanta la okulojn.

Sed eble pri tio ne la neĝblovado kulpas, eble li simple sidas sur la rando de la mondo. Jen, se li faros unu paŝon, li transiros la horizontlinion, kaj la horizonto restos malantaŭe, kaj antaŭe estos nur tio, kio estas trans la linio. Io tia, kian neniu vidis. La viro malrapide turnis la kapon, kaj neĝo ŝutiĝis de sur ĝi, kiel el neĝa nubo. Malantaŭe estas la benkodorso, malantaŭ ĝi estas vico de knarantaj arboj, kaj malantaŭ ili... Malantaŭ ili tiu tuta ĥaoso finiĝis. Malantaŭ ili la vento kvietiĝis, neĝeroj ĉesis ĵeti sin diversflanken kaj defalis senforte surteren, kiel folioj el arboj aŭtune. Malantaŭe estis la banko. Griza, kun neniu postsigno de vintro. Griza, kvazaŭ farita el la tero, sur kiu ĝi staras, kvazaŭ ĝi aperis kune kun tiu tero aŭ eĉ pli frue ol ĝi. Griza insulo meze de la vasta mondo. Nun la viro rigardis la domon ne timeme, li rigardis rekte, per larĝe malfermitaj okuloj. Kaj ju pli la okuloj kutimiĝis al la grizo, des pli klare li komprenis, ke li povas nenien eskapi kaj nenie sin kaŝi. Kaj neniu eskapos kaj kaŝos sin de tiuj muroj. Li neniam iĝos muzikisto, liaj fingroj kuros tra klavaro, sed ne tra pianoklavoj. La viro elplejdigis la manojn, sed nun liaj graciaj fingroj ŝajnis al li ne tiom graciaj, sed plejeble kontraŭe – dikaj kaj mallongaj. Ĝuste en tiu momento iu preterpasanto, rapidanta en la bankon al laboro, haltis apud la benko. Li aliris kaj malvolvis la neĝkovritan plejdon. La velkinta malpura vizaĝo, kovrita per densa barbo, ŝajnis al li konata. Certe, li konis tiun homon ne pro komuna laboro. Li estis konvinkita, ke neniu el liaj kolegoj por io en la mondo iĝos tia ĉifonulo, sed tamen laŭaspekte la vagulo iomete similis al iu. Tio okazas, kiam vi ekvidas fraton aŭ fratinon de via amiko, kiujn vi neniam antaŭe vidis, tamen vi ekkaptas ion kvankam malproksiman, sed sendube komunan. Ronda pala vizaĝo – ie li vidis ĝin. Sed ne, rufa hararo – li neniun rufharulon konis persone. La viro revolvis la plejdon kaj daŭrigis sian vojon, planante informi la gardantaron pri la senhejmulo, kiu mortfrostiĝas ĉe la banko. Tamen li kelkfoje retrorigardis, io plu maltrankviligis lin.

La sekva preterpasanto, kiu rimarkis la homon sur la benko, jam estis malfruiĝanta al la laboro. Li hezitis dum kelkaj sekundoj, ĉu aliri pli proksime la mizerulon, sed pensis tamen, ke lasi la homon frostmorti dumtage – tio estus troa. Li, simile al la unua, kun abomeno kaptis la plejdon per tri fingroj kaj malvolvis. La homo sur la benko estis en terura stato, ŝajnis, ke li estis rabita kaj eĉ batita, sed spite al tio, la viro rekonis lin. Ronda vizaĝo, rekta nazo, nigra hararo – sendube, tio estas li. "Vasil Petroviĉ?! Ĉu vere tio estas vi?!" La viro ekkriis kaj pro neatenditeco sidiĝis sur la neĝkovritan benkon. Jam post unu minuto li kuris al la banko, lasinte sian tekon kun valorpaperoj ĉe la senkonscia sinjoro, bankoficisto, kiu, se li povus, finfine ekaŭdus sian nomon, finfine rememorus ĝin... Se li povus.

(Elukrainigis Petro Palivoda)

Floro

Kaj ĉio komenciĝis tute ne banale, ne tiel, kiel ĉe la plimulto de homoj. Ne pro la deziro donaci neprofiteme al iu amon kaj zorgadon kaj same akcepti ilian amon kaj zorgadon. Ĉar delonge venis al ŝi kompreno, ke sen ŝia amo ne nur la mondo, sed ankaŭ la koro de eĉ unu persono ne haltos. Ĝis nun ŝi ne havis okazon renkonti homojn, kiuj postulus de ŝi tiun amon. Kaj interna nekomprenebla, probable denaska asketismo ne permesis vidi bezonon je aĵoj aŭ sentoj, kiujn ŝi ĝis tiam tute ne bezonis. Sekve temis pri io alia, multe pli pragmata. Temis pri helpo, antaŭ ĉio al ŝi, kaj poste ankaŭ pri oportuna kunekzistado. Sed komence estis artikolo en loka gazeto.

Kiel katinoj kuracas homojn

... ili povas ĝuste determini malsanan lokon de homo kaj sanigi ĝin... kuŝiĝas sur malsanan korpoparton, varmigas kaj masaĝas ĝin... kreas specialan energian fonon... senigas je depresio, sendormeco, hipertensio, artrito kaj eĉ infarkto,... kuracas ginekologiajn malsanojn kaj problemojn de la spirsistemo... kontribuas al pli rapida cikatriĝo de vundoj, forigas kapdolorojn...

Ŝi simple fiksrigardis la artikolon legante la liniojn kun la listo de malsanoj, kiujn tiel facile povas kuraci simpla kato, kaj nur flugrigardis tiujn liniojn, kie temis pri la amo, kiun tiuj bestoj donacas al siaj mastroj, kaj pri tio, ke tiu kuracado okazas plej probable sur la psikologia nivelo, kaj ke tiu longa kaj klopoda procezo dependas ankaŭ de la mastro, kiu devas agordi kontakton kun besto, se eblas tiel diri: fidi ĝin. Tiuj lokoj en la teksto pri amo ŝi perceptis kiel ĝeneralan fonon de ceteraj gravaj faktoj. Ŝajnis, ke "amon" homoj enŝovas ien ajn por fuŝmiksi tekston ŝtopitan per datoj kaj eventoj, eble, ke ĝi ne ŝajnu tro malfacila por legado kaj posta asimilado (digestado?). Iom simile al tio, kiel oni trinkas akvon post solida nutraĵo por ne glutsufokiĝi. Kompreneble, akvo estas vivonecesa, oni ĝin ĉiam bezonos, tamen ĝi ja estas tia... tia seneca, sen odoro kaj sen gusto. Amo por Nina estis akvo. Amo estas io sen odoro kaj gusto. En sia vivo ŝi neniam rimarkis ĝin. Sed eble amo falis sur ŝin kiel pluvo per etaj porcioj? Sed tiam amo estis ensorbata per ŝia korpo, kaj Nina denove nenie rimarkis ĝin. Tamen Nina jam kutimiĝis, ke homoj ofte agas tiamaniere rilate al amo, provas profiti de ĝi. Tial ĉion gravan por si en la artikolo ŝi ekvidis, kaj la negravan ekvidis kaj forgesis.

Jam sekvatage Nina iris hejmen ne sola. Enkorbe kuŝis silentiĝinta timigita katino. Plenkreska individuo, neniuokaze katido. Nina ne havis eĉ plej etan deziron klopodi ĉirkaŭ la katido, manĝigante ĝin el boteleto, lerni ekskrementi en la sablon kaj, Dio gardu, ludi kun ĝi aŭ ĝenerale dediĉi al ĝi pli da atento ol necesas por kvieta kaj paca loĝado sur komuna teritorio. Do ŝi trovis tion, kion ŝi volis – jam ne junan katinon, kiun ne plu favoris ŝia mastrino, amikino de Nina, aŭ, pli ĝuste, kolegino. La katino jam delonge ĉesis esti freneza amuza kreitaĵo, kiu tutajn tagojn kuradis tien kaj reen tra la loĝejo, gratis tapetojn, pendis sur kurtenoj, amuzante per tio domloĝantojn, anstataŭe ĝi estis trankvila, indiferenta, iomete pigra kaj, kiel ŝajnis al ĉiuj, maljuna.

Survoje Nina vizitis vendejon kaj aĉetis senelekte iun katan nutraĵon, pretiĝante por plej malbonaj situacioj. Ŝi jam imagis al si terurajn bildojn de nekredebla sopiro de la besto al sia ĝisnuna hejmo. Al ŝi ŝajnis, ke ŝi jam aŭdas akran senesperan katan hurladon kaj eĉ supozis, ke finfine ŝi devos redoni la katinon.

Sed la vivo komencis donaci al Nina siajn misterojn. Komence donaci kaj poste jam malkovri ilin. Kaj la unua mistero iĝis Floro. Tiel nomiĝis la katino, kiun Nina ĝuste nun estis portanta en sia korbo en la loĝejon. Tiel ĝi nomiĝis denaske, kaj en la kapon de Nina neniam venus la penso nomi la katinon alie. Unue, Nina estis nekreema homo. Ŝia nekreemo atingis tiajn altaĵojn, ke simple elpensi nomon por la katinjo kaŭzis ne-imageblajn mensajn suferojn. Kompreneble, al ŝi venis la penso pri io simila al Ronrona, kaj Ronrona ĉiam kaj ĉie asociiĝis kun infanverseto pri Katinjo Ronrona (kie vi estis...) kaj pro tio ŝiaj suferoj eĉ pli intensiĝis. La virino ne ŝatis rememori sian infan-econ.

Nina elkorbigis la katinon kaj mem sidiĝis en malgranda kuirĉambreto. Ŝi rigardis vake, frotante sian dekstran genuon, kiu ankoraŭ survoje ekbrulis. Kaj ferminte la okulojn ŝi kva-zaŭ falis tra kelkajn etaĝojn en varman sukan someron, kiu estis plena de varmaj sukaj pomoj en la ĝardeno de ŝia avo. Jen estas la pomarboj de la avo, kaj jen tiuj de la najbaro, kaj kiu dubus, ke sur la najbaraj pomarboj pomoj estas pli bongustaj. Jen estas la barilo inter la ĝardenoj, kaj jen super la barilo estas ŝi, ruĝhara longkrura bubino – staras sur la maldika branĉo, tenas sin per ankoraŭ pli maldika maneto je alia branĉo, kaj per la dua tiras sin al tiuj pli bongustaj pomoj. Kaj tiam okazis tio, kio devas okazi en ĉiu paradizo, eĉ pli, se temas pri pomoj. Poste estis dolore kaj estis larmoj. Kaj la najbaraj knaboj ridegis ankoraŭ, vidante ŝian sportpantalonon, kiu minacis malkudr-iĝi, tiritan sur gipsobandaĝon ĉe la dekstra kruro. Kaj ĝuste la dekstra kruro, kaj pli ĝuste la dekstra genuo, reaganta al ĉiuj veterŝanĝiĝoj, estis destinita al Floro, al ĝiaj nekredeblaj kurac-kvalitoj.

Sed tempo pasis, la genudoloro ne ĉesis, kaj la katino plu sidis sur sia loko kaj ŝajnis jam dormeti. Nur nun Nina kon-sciis la ridindecon de la situacio. Kiel povis ŝi, adolta virino, kredi la artikolon, kiu ŝajne estis destinita nur por okupi super-fluan spacon sur la paĝo? Sed tamen Nina decidis provi alian varianton. Ĉu eble Floro sidas simple tro malproksime kaj ne sentas iujn tiajn ondojn, kiuj devus eliri de la malsana loko? Nina prenis la katinon kaj sursofigis ĝin apud si. Kaj poste – sur sian malsanan genuon. Floro dum kelkaj sekundoj vere ne moviĝis, sed poste trankvile stariĝis kaj kuŝiĝis, fleksinte sub si la krurojn sur la rando de la sofo plej for de Nina.

Tiun tagon Nina sentis sin tre amare. Ŝi metis sur tiun kato-terapion sian lastan esperon por resaniĝo. Nu, se ne por resani-ĝo, do almenaŭ por dolorkvietiĝo, sed ĉio montriĝis vana. Jen tiel ili sidis, ĉiu en sia angulo, du solecaj estaĵoj, indiferentaj por ĉiuj kaj indiferentaj al ĉio kaj dume indiferentaj unu al la alia.

* * *

Printempo jam delonge memorigis pri si, sed ne per verdaj folioj ekster la fenestro, ne per odoro de floroj, ne per kantado de birdoj. Ne, en ŝia urbo kiel la unuaj pri la printempo komen-cis paroli la muroj. Post kelkaj pluvegoj la printempo ŝtelpe-netris la vestoriparejon per grizaj malpuraj ŝimomakuloj, kaj tiu printempo odoris tute ne romantike kaj ne favoris al disvas-tigo de fluidoj sur reprezentantojn de la malsama sekso. Do Nina plu sidis ĉe la fenestro sole, plene profundiĝinte en sian laboron. Se antaŭe iu el viroj havis okazon viziti por nelonge la atelieron, ili turnis sian atenton al Nina ne pli ol al neluksa meblaro. Malnova seĝo, sur kiu ili kutime sidiĝis, vekis ĉe ili pli da intereso. Sed tio tute ne koncernis Nina-n, kaj ĝenerale mal-multo koncernis ŝin en tiu ĉambro. Ŝiaj oreloj foje kaptis iajn strangajn aŭ laŭtajn sonojn venantajn de la strato tra la putraj fenestroj, sed mense ŝi delonge estis hejme. Nina pense revenis hejmen tuj, kiam ŝi venis al ŝia laborloko. Nun ŝia hejmo estis ja ne nur malgranda unuĉambra loĝejo, nun vivis en ĉi loĝejo iu, kiu atendis ŝin. Kaj tiu estis Floro.

La virino ne rimarkis, kiel ĉio okazis. Kiel okazis, ke tiu estaĵo eksignifis por ŝi pli ol ĝi devus. Nina rimarkis, ke ŝi ĝojas pri ĝia ĉeesto pli ol pri la ĉeesto de ajna persono en sia vivo. Kaj tio tute ne timigis la virinon. Male, nun malmulto ŝin timigis. Ŝi sentis trankvilon ĉiumatene, kiam ŝi vekiĝis kaj vidis apud si Floron. Kaj ankoraŭ ŝi sentis trankvilon, kiam ŝi nokte ekdor-mis kaj aŭdis, kiel sur ŝian rufan hararon, disĵetitan surkusene, kuŝiĝis same rufa Floro kaj verŝajne kunfandiĝis kun ĝi. Nina eĉ provis imagi, kiel amuze tio povus aspekti. Kaj ankoraŭ Nina sciis, ke apenaŭ ŝi venas de la strato en la porĉon, Floro saltas de la sofo aŭ seĝo, kuras al la enirpordo de ilia loĝejo en la kvina etaĝo kaj jam nenien de ĝi deiras, ĝis ĝi finfine renkontos ŝin, Nina.

Kaj Nina vere vidis la katinon ĉiufoje, kiam ŝi malfermis la pordon. Ŝi ĵetis siajn sakojn kaj antaŭ ĉio prenis Floron en siajn brakojn. Kaj tiel estis ĉiutage, dum multaj tagoj, multaj monatoj. Nina ne maltrankviliĝis, ke jam tiel longe ŝi estas infane alligita al la besto, ke ŝi en sia vivo neniun plu serĉas, nek bezonas. Ŝi simple neunufoje pensis, ke homoj ne povas esti tiaj kiel bestoj – simple ami, sendepende de io.

Nun printempe la malsana genuo ĉiam pli tedis Nina-n, ĝi doloris tordate tiel kvazaŭ post lavado oni tordelpremas malsekajn vestaĵojn. Foje tiu teda doloro forprenis ĉiujn fortojn. Ŝi povis fari nenion, nur sidis kaj frotis sian genuon per diversaj ungventoj, kiuj helpis, sed ne por longe. La tutan tempon Nina pacience atendis, ke Floro iam aliros kaj tamen kuŝiĝos sur la malsanan lokon kaj tiam ŝi ne plu devos fari tiujn sensencajn aplikojn de la medikamentoj. Sed Floro, kio estis sufiĉe strange, neniam faris tion. Iam (Nina jam ne memoris kiam kaj kie) ŝi aŭdis, ke katoj sentas, kiam al homo estas vere malbone, kaj nur tiam helpas. Nina pensis, ke jen nun estas tiu momento, ĝuste nun al ŝi estas tre dolore kaj ĝuste nun ŝi kiel neniam bezonas helpon. Sed helpo venis de nenie, do al Nina nenio plu restis ol simple plu atendi. Kaj ŝi atendis.

– Nina, vi ja estas strangulino – diris Maria, kolegino de Nina, kiun ial incitis tia, laŭ ŝia opinio, malsaneca alligiteco al la besto. – Vi devas krei familion, ekhavi infanojn. Finfine, vi bezonas homon, sed ne katinon.

– Sed mi ofte ne komprenas homojn – naive respondis Nina. – Sed katinoj... ili estas multe pli simplaj, ili...

– Sed vi estas ja homo, Nina, vi estas virino, kaj por virino estas eĉ pli grave, nekredeble grave ne esti sola. Ĉar esti sola dum maljuneco estas neeltenebla, kaj maljuneco ne estas tiel malproksima.

– Sed mi ja ne estas sola, Maria, kaj maljuneco, mi opinias, ne estas tiel timinda.

Maria ne sciis, kion ŝi povas respondi al Nina pri ŝiaj lastaj vortoj, do lasinte ŝin agi laŭ sia bontrovo, ŝi reekokupis sin pri sia laboro.

Kaj Nina vere ne tre timis maljunecon, kaj eble tute ne timis. Ja kial homoj timas maljunecon? Antaŭ ĉio ili timas ŝanĝojn. Ili timas, ke post ĝia alveno io ŝanĝiĝos definitive. Sed la vivo de Nina estis ĉiam egalritma kaj monotona, ĝi fluadis per homogena maso tra ŝia viva, tute rekta vojo (ne kurba, kiel estas kutime dirate en paroladoj dum studfinaj festoj), kolorigante ĉion ĉiam neŭtralkolore. Ŝiaj infanaĝaj ambicioj ne tro diferencis de la ambicioj de juneco, kaj tiuj siavice – de la ambicioj de matura virino. Kaj samtempe ŝi ne estis infaneca, naiva aŭ sensprita. Simple ekde infanaĝo ŝi alkutimiĝis ne nutri sin per ĥimeraj iluzioj, ne kombini fantaziajn planojn, ne aspiri al io tre forte. Nina scipovis esti simpla en ĉio. Ŝi estis simpla en rilatoj kun homoj, en rilatoj kun la vivo. Ŝi neniam postulis de ĝi ion pli grandan ol ĝi estis donanta al ŝi ĉi-momente kaj samtempe volis, ke ankaŭ la vivo rilatu al ŝi same.

Nina ne ŝatis elprovi la sorton, ŝi ne ŝatis eĉ aŭskulti pri fremdaj elprovoj. Iufoje ŝi pensis, ke eble tiuj homoj estas mem kulpaj pri siaj problemoj, ĉar kiam vi petas la vivon pri io pli granda, tiam ĝi povas postuli de vi la samon. Do la infanaĝo de Nina transfluis tiel glate, tiel nerimarkeble en la junecon, ke ŝi ŝajnis esti ĉiam fraŭlino kaj neniam knabino. Kaj poste same alvenis matureco, kaj nun ŝi ŝajnis esti ĉiam virino kaj neniam fraŭlino. Kaj la samon ŝi atendis de maljuneco. Dirante pli ĝuste, Nina sciis, ke nenio ŝanĝiĝos, ŝi estos la sama, kaj ĉio ĉirkaŭe restos la sama, almenaŭ sur ŝia teritorio, en ŝia loĝejo. Nina scipovis ĝoji pri la hodiaŭa tago, ŝi ĝojis pri florantaj arboj, varmaj matenoj, kiujn ĉiam pli ofte anstataŭis la malvarmaj, bongustaj manĝaĵo, bonaj filmoj, sed pleje Nina ĝojis pri la ĉeesto de Floro. Ŝi apenaŭ povis imagi la vivon sen ĝia lanuga varma korpeto sur ŝiaj brakoj. Kaj, kio estis plej grava – Nina mem sentis, kiel Floro bezonas ŝin, kiom grava ŝi estas por ĝi.

* * *

Li estis sufiĉe alloga, kvankam jam delonge ne juna viro. Malrapidaj, iom pigraj movoj, facileta frapetado per fingroj sur la tablo, tutnova, gladita kostumo – ĉio atestis, ke li ne kutimis tumulti, sed kutimis, ke ĉiuj tumultas ĉirkaŭ li kaj komplezas lin. Kaj li mem ŝajne ŝatis komplezi sin. Li sidis enpensiĝinte kaj krucinte la krurojn. Nina plurfoje timeme rigardis la viron de sia sidloko. Poste ŝi ne povos rememori, por kio li venis al ilia vestoriparejo, eble por refaldi pantalonon, aŭ eble ne. Sed ĉi tio ne gravis, estis nur grava, ke li tamen estis tie, kaj simple atendi sur sia seĝo ne sufiĉis por li, do li decidis ekparoli. Kaj li ekparolis al Nina.

– Bona vetero estas hodiaŭ, ĝi, laŭ mi, estas la unua vere varma tago printempe.

Komence Nina ne intencis respondi, ĉar ŝi simple ne komprenis, ke tiuj vortoj estis adresitaj al ŝi. Sed post kelkaj sekundoj de profunda silento ŝi tamen levis siajn okulojn de kudrado kaj ĉirkaŭrigardis la ĉambron. Kial neniu respondas al li? – pensis la virino, serĉante per la okuloj siajn koleginojn. Ŝi tre esperis ekvidi tie almenaŭ iun alian krom ŝi mem kaj tiu sinjoro, kiu ial rigardis ŝin. Kaj kiam Nina rimarkis, ke ili estas en la kudrejo solaj, ŝin kaptis ia stranga ekscitiĝo. Ŝi sentis, kiel sango ĵetiĝis en ŝian vizaĝon kaj la manoj ekŝvitis. Ŝi tiom profundiĝis en siajn pensojn, ke ŝi simple ne rimarkis, ke du kudristinoj, kiuj hodiaŭ laboris kun ŝi, ien eliris. Ŝi tre deziris nun, ke ili revenu baldaŭ. Sed tiujn du, bedaŭrinde, kvazaŭ la tero englutis. Kaj kvankam la viro sidis ne apud ŝi, sed ĉe la najbara tablo, tamen Nina flaris la odoron de lia parfumo kaj maltrankviliĝis pro tio eĉ pli. Ŝi simple ne havis alian eliron.

Ŝi rigardis lin, ne havante eĉ plej etan ideon, kion ŝi povus respondi al li. Jes, la vetero estas bona, la tago estas vere varma, do kio? Nina neniam komprenis, kiel oni povas paroli pri la vetero. Ŝi ne apartenis al tiuj, kiuj parolas por ne silenti. Ne, ŝi ne estis iu homevitulino, ŝi simple ŝatis paroli, kiam tio vere necesis. Sincerdire, Nina ne sciis lerte komunikiĝi kun tiaj sinjoroj en belaj kostumoj, kun tiaj flegitaj, jam grizetaj barboj. Nina ĝis nun nenion respondis. Ŝi jam ekpensis, ke ĉio eble iel pasos. Sed la sinjoro ne intencis lasi ŝin en paco.

– Vi estas bonŝanca, ke vi sidas ĉe la fenestro, el ĝi, verŝajne, malfermiĝas belega vidaĵo sur la straton.

La viro ridetis al Nina, ŝi siavice kapjesis, sentante, kiel flamas ŝiaj vangoj.

– Ĉu vi scias, sinjorino... – li rigardis demande el sub siaj okulvitretoj al Nina, kaj tiam ŝi jam ne konfuziĝis.

– Nina – ŝi diris per apenaŭ aŭdebla voĉo.

– Do, sinjorino Nina, ĉu vi scias, ke nome tiu strato, jen tiu, kiu estas ekster via fenestro kaj en kiu vi havas la feliĉon labori, estas unu el la plej malnovaj stratoj de nia urbo? – li sidis flanke al la tablo, sin apoginte al la dorso de malnova seĝo. Lia maldekstra mano estis en la poŝo, kaj la dekstra ludis kun liniilo, kiu antaŭ tiu momento kuŝis sur la tablo.

– Mi ne sciis – ŝi kapneis, daŭrigante sian laboron.

Li ŝajnas esti iu profesoro, pensis Nina. Ŝi ne sciis certe, sed ĝuste tia devis esti en ŝia imago vera profesoro aŭ doktoro pri sciencoj, aŭ iu ajn el tiuj doktaj respektataj viroj.

– Iam ĉi tie troviĝis la unua poŝtejo, la unua teatro. Ho, se vi nur scius, kiom grava estis tiam teatro por la urbanoj! Vespere homoj kunvenis ĉi tien el ĉiuj partoj de la urbo, – lia voĉo tre sonoris en tiu granda kaj duonmalplena ĉambro. Ĝi eĥiĝis de la nudaj muroj kaj plenigis per si la tutan spacon. La viro svingis la liniilon kiel dirigento bastonon, kaj nun al Nina ŝajnis, ke tiu sinjoro tute ne estas profesoro, sed plej verŝajne aktoro, konata teatra aktoro. Kaj ju pli atente li rigardis Nina-n, des pli ofte ŝajnis al ŝi, ke io perturbas ŝin. Ŝi senĉese ordigadis sian ruĝan lanugan hararon, kiu konstante elpingliĝis, tiradis malsupren la manikojn, kiuj ĉiam sur ĉiuj vestoj estis tro mallongaj por ŝiaj longaj maldikaj brakoj.

– Kaj al vi, sinjorino Nina, kiu arto plaĉas pleje? – liaj okuloj brilis, sed eble al Nina nur ŝajnis tiel, sed fakte brilis liaj okulvitroj?

La virino respondis la veron, ne detirante siajn okulojn de la kudromaŝino:

– Mi ne scias – Nina hontis pro ŝia respondo. Antaŭe ŝi neniam ĝenus sin pro tiaj bagateloj, sed ial nun ŝi ŝatus diri ion pli saĝan.

– A-ha-hah, – la viro ekridis – vi pravas, sinjorino Nina, ni forgesu pri arto. Diru al mi prefere ion alian? Nu... ekzemple, kiun okupon vi ŝatas hejme, en via libertempo?

Al tiu demando Nina jam konis la respondon, sendube Floro estas ŝia ŝatokupo.

– Hejme mi prizorgas mian katinon.

– Ho, kiel ĉarme tio estas..., la viro denove ridetis, al Nina eĉ ŝajnis, ke ŝi aŭdis iun maliceton en lia voĉo. – Kaj kiel ĝi nomiĝas?

– Floro.

– Vi scias, iam mi faris unu esploron pri tiu temo kaj klarigis, ke virinoj de via aĝo estas la plej emaj al korinklino al bestoj.

Tio embarasis iomete Nina-n, ŝi eĉ opiniis, ke ŝi vane ekparolis pri tiu temo.

– Mi simple amas mian Floron, kaj ŝi amas min.

La viro lasis la liniilon kaj nun atente rigardis Nina-n.

– Mia karulino, mi bedaŭras disrevigi vin, sed mi devas fari tion. La afero konsistas en tio, ke katoj kaj bestoj ĝenerale ne scipovas ami. Ili ne estas kulpaj pri tio, simple tia estas ilia naturo.

Nina ankaŭ lasis sian laboron kaj turnis sin al la viro. Kiel li povis tiel rapide trovi ŝian plej tiklan punkton? Nina iĝis malgajhumora, ŝin absolute indignigis liaj lastaj vortoj. Nina komencis defendi sin, ĉar la nekonato atencis ion tre valoran por ŝi.

– Kiel vi povas koni la naturon ĝuste de mia Floro? Vi ne scias, pri kio vi parolas!

– Ĉio estas tre simpla, ĉiuj katinoj estas la samaj.

– Ne, ne estas la samaj. Se vi vidus, kiel ĝi renkontas min de laboro, kiel karese alpremiĝas al mi, kiam al mi estas malbone, vi ne dirus tiel. Mia Floro amas min, kiel neniu alia.

– Sinjorino Nina, mi havas akademian titolon en psikologio, do kredu min, mi scias, pri kio mi parolas. Bestoj ne povas ami, ĉe ili forestas memkonscio. Memkonscio estas termino indikanta operacion, per kiu homo perceptas sin. Dank' al ĝi homo ne nur komprenas la eventojn, kiuj okazas al li aŭ ŝi, kiel tion faras aliaj vivantaj estaĵoj, sed ankaŭ povas analizi ilin. Kiam homo amas, li aŭ ŝi konscias tion.

– Sed ĉu mia katinjo kondutus tiel, se ĝi ne amus min? Kiel do oni povas klarigi tion? – Nina ankoraŭ insistis, kvankam ŝia voĉo ne plu estis tiel certa.

– Bestoj posedas konojn de refleksa naturo, sed ili eĉ ne konscias tiun konon. Ili ne havas amon kiel tia, estas nur alligiteco, nur kutimo. Se sur via loko estus alia homo, via: uh... Floro, se mi ne eraras, kondutus same kun li aŭ ŝi. Ĝi same kurus al la pordo, kiu ajn malfermus ĝin, ĉar ĝi scius, ke ĝia mastrino nun donos al ĝi manĝaĵon. Ĝi same frotiĝus kontraŭ kruro de tiu alia, ĉar ĝi alkutimiĝis, ke post tio ĝi estas karesata. Tio estas ĉio. Ne serĉu romantikon tie, kie ĝi ne povas esti.

La viro denove ekokupis sin pri la liniilo. Li frapetis per ĝi la tablon, kaj lia tuta aspekto, lia apenaŭ videbla rideto parolis pri tio, ke li estis evidente kontenta pri siaj vortoj. Nina havis neniun ŝancon en tiu lukto. Li havis malantaŭ si sciencon, ŝi havis nur siajn proprajn konvinkojn, kaj eĉ tiuj evidentiĝis ja ne tiel firmaj, se nun la virino silentis, simple pririgardis siajn manojn. Nina ne ofendiĝis, nur sentis sin sufiĉe deprimita por arogi al si ne respondi liajn lastajn vortojn. La viro rimarkis ŝanĝojn sur ŝia vizaĝo, kaj ankaŭ li rimarkis tian klaran profilon de ŝi, tian helan, preskaŭ travideblan kaj ankoraŭ junan haŭton kovritan per efelidoj. Ŝi sidis ĉe la fenestro, tute kadrita de lumo kaj en iu momento ŝajnis al li, ne, ne bela – sankta, pura kaj senpeka. Li tiel volis tuŝi ŝian manon! Kaj ĉar li neniam rifuzis al si la plezuron de amoraj aventuroj, do li, sen pensi longe, ĵetis sin al ŝiaj piedoj.

– Ho mia karulino, ĉu mi povas nomi vin simple Nina? – kaj ne atendante ĝis la respondo, li daŭrigis: – Ne malĝoju tiel, amo ekzistas, kaj iufoje evidentiĝas, ke ĝi estas tute proksime, tute apude, oni nur bezonas scii, kien rigardi.

Li diris ĉion ĉi, kaŭriĝinte apud la genuoj de Nina kaj kunpremante firme ŝian tremantan manon. Nina tiom ektimis tiun subitan atakon, ke ŝi ne tuj komprenis, kio okazas, kaj kiam ŝi komencis elŝiri la manon, evidentiĝis, ke estis tro malfrue. Li tenis ĝin per siaj varmegaj polmoj kaj plurfoje tuŝis ĝin per siaj lipoj. Jam de iomete da tempo Nina sentis sin malĝoja. Ŝin maltrankviligis la vortoj diritaj de la sinjoro. Ie en sia animo ŝi eĉ komencis koleri pri li, ĉar li kuraĝis atenci la plej karan – Floron, ŝian teneran, amantan katinjon. Ankoraŭ antaŭ kelkaj minutoj ŝi kapablus eĉ respondi akre al li por silentigi lin, sed nun... nun Nina ne povis eĉ analizi siajn pensojn, la ĉambro turniĝis kaj se la virino nun starus, ŝi simple ne tenus sin sur la piedoj. Nun ŝi eksentis lian manon ankaŭ sur sia genuo.

Al ŝi ŝajnis, ke ŝi deziras, ke li ĉesu, sed kial do ŝi ankoraŭ diris al li nenion, ne ĉesigis la tuton? Nina sidis sur sia seĝo ĉe la kudromaŝino kaj eĉ timis movi sin, timis enspiri kaj elspiri, timis rigardi lin. La sinjoro diris al ŝi, kiel bela ŝi estas kaj kiel delikata estas ŝia haŭto. Sed Nina, kiu preskaŭ ne aŭdis, ne povis kredi, ke ĉio ĉi okazas al ŝi. La sinjoro evidente ŝatis tiun ludon, li murmuris ion, rigardis Nina-n la tutan tempon de sub siaj okulvitretoj, sentis, ke lia emeritaĝa karno estas tiel juna kiel lia animo kaj estis feliĉa. Nina tuta tremis, eble unuafoje dum tiom multaj jaroj ŝi sentis sin virino kaj ankaŭ estis feliĉa. Sed tiu eksplodo de emocioj, eksplodo de ambaŭ iliaj tiel malsamaj feliĉoj daŭris tute ne longe. En la koridoro aŭdiĝis paŝoj kaj poste ankaŭ voĉoj, kaj ili alproksimiĝis. Ili ambaŭ komprenis, kio okazis.

Nina etendiĝis en sia seĝo kaj moviĝis ankoraŭ pli proksimen al la tablo, penante egaligi sian spiradon, kaj la viro surpiediĝis, laŭte ekĝeminte – ŝajne lia dorso ekdoloris – kaj jam apud ŝia orelo anhelante flustris ion. Nina povis kompreni nur kelkajn lastajn vortojn: morgaŭ je la dudeka ĉe la monumento de Mickiewicz, sed tio sufiĉis al ŝi por kompreni, pri kio temas.

Ekde la reveno de la laborantinoj al la kudrejo Nina ne kuraĝis almenaŭ ankoraŭfoje rigardi lin. Ŝi aŭdis nur mallongan "dankon" kaj frapon de la pordo, kiu fermiĝis post li. Nur tiam Nina apogis sin al la dorso de sia seĝo kaj tro longe rigardadis la fenestron. La virinoj eĉ interŝanĝis rigardojn, montrante unu al la alia la rigidiĝintan figuron de Nina, kies stato de revemeco estis eksterordinare malofta, kaj sensone ekhihiis. Sed Nina plue rigardadis la pasantojn, la malnovajn grizajn domojn, kaj pensis, ke tiu strato estas vere tre bona kaj verŝajne vere pratempa.

El malnova pola domo, de kiu simple blovis vento humida kaj malvarma, la sinjoro aperis sur la superplena strato inundita per agrablaj printempaj radioj, deskuis sian ankaŭ sen tio perfektan kostumon kaj kun miro komencis rememori ĉion, kio ĵus okazis al li. Liaj manoj poiome ĉesis tremi kaj la antaŭnelonge ardiĝinta vizaĝo estis revenanta al sia normala stato. Kio ĝi estis? Kaj kial ĝuste tiu virino? Nun la sinjoro neniel povis rememori, kio ĝuste tiel logis lin en ŝia aspekto. Li rerigardis la grizan konstruaĵon malantaŭ sia dorso kaj skuinte la kapon rapidis al la kunveno, pri kiu li ial tute forgesis kaj al kiu li jam sufiĉe malfruiĝis.

* * *

Nina sidis surbenke kaj klakis per la dentoj pro malvarmo, desupre rigardis ŝin severe Mickiewicz mem, kvazaŭ malaprobante la tro leĝeran veston por tia venta vetero. Sed kion povis fari Nina? Ŝi simple ne povis surmeti ion alian, ol sian solan robon, kiu ne estis elŝrankigata dum kelkaj jaroj. Por almenaŭ iomete varmiĝi, ŝi frotis siajn akrajn, per sinteza robo apenaŭ kovritajn genuojn kaj kunfrapis la kalkanumetojn de la ŝuoj speciale aĉetitaj por tiu okazo. Ŝi surmetis orajn orelringojn kaj oran ĉeneton kun kruceto, ŝminkis la lipojn, kio jam estis por ŝi tro multe da kosmetikaĵo sur la vizaĝo, kaj nun al ŝi ŝajnis, ke ĉiuj rigardis ŝin. Nina estus delonge translokiĝinta al la plej malproksima benko, kiu estas kaŝita ie malantaŭ siringaj arbustoj, se ŝi ne timus, ke li ne vidos ŝin tie. Ŝi estis veninta kvin minutoj pli frue, ŝi ŝatis ĉien alveni ĝustatempe, kaj pri tio, ke virino devus malfruiĝi al rendevuo, ŝi ne sciis, ĉar ŝi simple neniam iris al rendevuoj. Do ŝi havis ankoraŭ iom da tempo por profundiĝi en siajn pensojn. Nina denove rememoris ilian hieraŭan konversacion kaj pensis, ke li fakte pravas. Bestoj neniam egaliĝos al homoj. Nur homoj povas kunsenti, pardoni, amiki. Nur homo povas tiel pasie kaj sindone ami, ami dum la tuta vivo. Nina ne povis scii certe, ĉar neniam iun en sia vivo ŝi tiel amis, kaj neniu amis tiel ŝin, sed nun ŝi sentis, ke baldaŭ ĉio ĉi okazos al ŝi. Unuafoje ŝi deziris tion. Hieraŭ veninte hejmen de laboro ŝi iel tute alie rigardis sian Floron. Ne, Nina ne intencis seniĝi de sia katinjo, simple nur hieraŭ ŝi komprenis, ke ŝia tuta katronrona amo estas malvera. Eble same Floro estis iam alkuranta al sia antaŭa mastrino, kaj post Nina ĝi alkurus ankoraŭ al iu alia. Tiuvespere Nina spektis televidon sen Floro, ŝi ne surbrakigis la katinon, ne kuŝiĝis kun ĝi sur la sofo, ne aŭskultis ĝian ronronadon. Tiunokte Nina pensis pri la morgaŭa renkontiĝo ĉe Mickiewicz kaj longan tempon ne povis endormiĝi.

Kaj jen ŝi estas ĉi tie ĉe la monumento, sur la benko plej proksima al la monumento, tremante pro la malvarma vento, kaj la viro ĝis nun ne estas tie. Nina ekrigardis la horloĝon, jam estis dudek post la oka, sed ŝi eĉ ne pensis koleri, ŝi sciis, ke en granda urbo al homoj povas okazi diversaj incidentoj, ŝi tuj pensis pri malbone funkcianta transporto, pri kavoj sur la vojoj, pri problemoj en la laborloko kaj ankoraŭ pri multo. Ŝi trovis dekojn da senkulpigoj pro lia malfruiĝo. Sed ju pli la horloĝmontrilo proksimiĝis al la naŭa, des malpli longiĝis la listo de senkulpigoj, kaj kiam tiu montrilo estis jam sur la deka, la senkulpigoj tute finiĝis. Nina leviĝis de la benko kaj forlasis la placon de Mickiewicz. Neniam plu ŝi renkontis la sinjoron kun griza barbeto.

Nina eĉ ne rimarkis, ke ŝi trairis kelkkilometran distancon de la urbocentro hejmen, preskaŭ ne memoris, kiel ŝi alvenis tien. Nur memoris ŝi penetran venton kaj pezajn pensojn. La lastaj ankoraŭ kaptis ŝin. Sed tio ne estis pensoj pri malfeliĉa amo, rompita koro kaj la senindulo. Ne, en tiuj pensoj ŝi simple poiome revenis al la realeco, malsupreniĝis de la alteco de siaj ĥimeraj revoj pri nobla homo. Nina iĝis la iama Nina. Sed nun en ĉi Nina aperis io nova, iu amara postgusto de la antaŭnelonga seniluziiĝo. Ŝi plu ne povis resti indiferenta al la homoj, kia ŝi estis antaŭe. Ĉu ŝi koleris kontraŭ ili? Iomete. Ĉu ŝi sentis sin trompita? Certe. Ĉu ŝi ankoraŭ pensis, ke nur homo kapablas ami? Parte. Ĉar ŝi ankoraŭ kredis, ke homoj ne povas esti malamikoj unu al la alia. Ĝuste en tiu momento Nina envenis sian malpuran kaj, kiel ofte okazis, nelumigatan enirejon. Ŝi malfermis la stratpordon kaj paŝis certe en la mallumon, plu tremante pro malvarmo. Ŝi reflekse etendis antaŭen sian manon, esperante post kelkaj paŝoj palpe trovi parapeton, anstataŭe ŝi trafis ion strangan. Nina eĉ ne havis tempon por ektimi, kiam io dolorige kuntordis al ŝi tiun etenditan brakon malantaŭ ŝia dorso kaj fermis ŝian buŝon. Nina ekkriis sensone en ies polmon aŭ pro timo, aŭ pro doloro kaj sentis, kiel iu alia, ĝis nun kaŝita en mallumo, frapis ŝin sur la ventron. Nina denove kriis, denove sensone, ŝi volis kliniĝi, sed ne povis. Iu flustris en ŝian orelon, ke ŝi ne moviĝu, kaj la virino senmoviĝis, moviĝis nur ŝiaj larmoj. Ili fluis de la okuloj sur tiun aliulan manon. Dua homo lumigis la vizaĝon de Nina, kaj senprokraste ŝiris la orajn orelringojn el la oreloj kaj la ĉeneton de la kolo. Nun ŝi eksentis ankaŭ sangoguton sur sia kolo, kiu fluis el la ŝirita orelo. Li ektiris la sakon de ŝiaj manoj, Nina eĉ ne pensis kontraŭiĝi, senprokraste ellasis ĝin. Poste tiu, kiu estis malantaŭe, malfermis sian brakumon kaj ili ambaŭ malaperis, lasante Nina-n kuŝi sur la malvarma cemento inter la stratpordo kaj la unua ŝtupo.

Nina plorsingultis laŭte, nun ŝi jam aŭdis sian ploron kaj estis certa, ke ĝin aŭdis ankaŭ ŝiaj najbaroj. Ŝi longe suprenriris, tenante sian manon sur la parapeto, ĉar ŝiaj kruroj simple fleksiĝis, daŭre trenis sin sur sian kvinan etaĝon, premante sian dekstran manon al la ventro, sed neniu pordo de iu loĝejo malfermiĝis. Ŝi tiris la ŝlosilon el la jakpoŝo (estis bone, ke ŝi havis kutimon meti ĝin tien) kaj malŝlosis la pordon.

En la koridoro Nina-n jam atendis Floro. Ĝi rigardis la virinon per siaj grandaj okuloj, kvazaŭ ĉion komprenante. Nina ne povis sin deteni, ŝi falis genue antaŭ la katino, brakumis ĝin kaj ploris, kisis ĝian moletan harojn kaj denove ploris. Ili ankoraŭ longe kuŝis tiel duope en la koridoro, ĝis Nina trankviliĝis kaj treniĝis en la banĉambron. Floro atendis ŝin ĉe la pordo, kaj kiam Nina sursofiĝis, ĝi sidiĝis apude surplanke.

Nina ne povis pri io pensi, ŝi sentis nur, kiel doloras ŝia ventro, kiel doloras la lezita orelo kaj la genuo estas furioze tordata profetante la veterŝanĝiĝon. Larmoj, kvankam malofte, tamen ankoraŭ verŝiĝetis el ŝiaj okuloj. Al Nina estis tiel amare, kiel neniam estis. Ŝi rompis sian bazan regulon, kaj vivo donacis pro tio al ŝi teruran aventuron. Ŝi ne volis kompati sin, sed kompatis. Ŝi ĝojus ekdormi pli rapide kaj forgesi pri ĉio, sed pro la neeltenebla doloro pri la dormo al ŝi restis nur revi. Subite Nina sentis, ke Floro saltis al ŝi sur la liton. La katino tiom mallaŭte tenere murmuris... Nina ĉiam amis tiun sonon pli ol ajnan muzikon. Kutime Floro kuŝiĝis, volviĝinte bule, proksime de la kuseno, Nina pensis, ke tiel estos ankaŭ nun. Sed ŝi eraris. Floro kuŝiĝis ĝuste sur la malsanan genuon. Nina sentis varman lanugan korpeton, sentis ĝin spiri, kaj ĉio ĉi tiel trankviligis ŝin, tiel lulis. Jam ie en duondormo Nina komprenis, ke jam doloras nek ŝia genuo, nek ventro, nek orelo, ke ĝenerale nenio plu doloras kaj maltrankviligas. Ŝi sentis jam nek bedaŭron, nek ofendon, nek seniluziiĝon, sed nur kiel forte ŝi amas Floron kaj kiel forte Floro amas ŝin.

(Elukrainigis Petro Palivoda)

Brioĉjo

Mi nomis ĝin Brioĉjo. Kiam paĉjo alportis ĝin, ankoraŭ tute mal-
grandan hundidon, ĝi estis tia blanka kaj lanuga, simila al tiuj
rondflankaj brioĉoj, surŝutitaj per pulvorsukero, kiujn avinjo
Olha bakas por Kristnaska vespero. Tiu brioĉa nomo venis al
mi tuj, kiam mi ekvidis ĝin, Brioĉjon, kaj la nomo estis kon-
forma al ĝi tiel bone, ke eĉ ŝajnis, ke komence aperis la nomo kaj
poste la hundo, ĝuste tia por plej bone kongrui kun tia nomo.
Kiam Brioĉjo estis kuranta, ĝi ŝajnis esti ne hundo, sed mal-
granda buleto da felo, kiu ruliĝas ĝuste en miajn manojn. En
tiaj momentoj mi simple falis surgenuen kaj akceptis ĝin en
miajn brakojn. Tiam mi unuafoje komprenis, ke feliĉo ne estas
iu abstrakta koncepto, ĝi povas havi konkretan formon, kolo-
ron kaj eĉ povas mordi.

Mi estis sepjara kaj estis sola infano ne nur en la familio, sed
sur nia tuta strato. La vivo ŝajnis maljusta al mi. Mi sidis dum
horoj sur fenestrobreto de mia ĉambro, observante kokinojn,
vagantajn sur la herbo, serĉante ion manĝeblan en ĝi, nubojn,
kiuj, flosante super nia domo, konstante ŝanĝis sian formon,
pluvogutojn, kiuj dispeciĝis, frapante mian fenestron, kaj poste
humile fluis malsupren por malaperi por ĉiam for de mia vid-
kampo, por transformiĝi en simplan akvon sub la piedoj. Do
ĉiutage mi havis multajn aferojn por fari, centojn da objektoj
por kontempli, kaj mi devis fari ĉion mem. Mi havis ja neniun
fraton aŭ fratinon por dividi ĉion ĉi, por batali kontraŭ iu pro
ludiloj, por interŝanĝi vestojn, por ludi familiajn dramojn en
la domo, kompilita el pecoj de la konstruludo, neniu apudis,
ekzistis nur mi kaj la mondo malantaŭ la vitro de mia fenestro.
Ĉio aliiĝis, kiam ĝi aperis: blanka, varma kaj iel simple nereale
belega, ĝuste kiel ĉiu infana revo. Brioĉjo distris min de kon-
templado, memorigante, ke ekzistas ne nur tiu ekstera mondo
kun ĉiuj siaj mirindaĵoj, sed ekzistas ankaŭ tiu en la ĉambro kaj
tiu, kiu estas eĉ pli profunde, ie en mi, ĝi pulsas kaj ĝi estas ne
malpli interesa. Ĝojo naskiĝis en mi, kreskis, fariĝis birdo, kiu

svingetis siajn flugilojn pro ĝojo kaj impetis eksteren per laŭta rido.

La tagoj longe pasadis, la vivo, kiu atendis min en la estonto, ŝajnis eterneco. Venis somero. Mi kaj Brioĉjo kuŝis sur la varma herbo, ĝi lekis mian vangon, mi sentis, kiel min superplenigas amo, amo al ĉio ĉirkaŭanta min, sed pleje al somero kaj Brioĉjo. La suno penetris tra miaj fermitaj palpebroj, kaj nun en la milda rozkolora brilo aperis imagoj pri mi kiel plenkreskulino, alta kaj ridetanta, kiu mem stiras aŭton kaj verkas librojn. Post kiom da jaroj okazos ĉi tiu adoltiĝo, ĉu dek, ĉu dudek? Mi ne sciis, kaj tio ne estis la ĉefa afero, tiuj tempoperiodoj estis tro longaj por pripensi tion serioze. La ĉefa afero estis imagi, revi, plani. Vera realeco kreiĝas en mia kapo, mi estas certa pri tio. En miaj fantazioj mi estis alia, ne tia kiel nun, sed mi imagis mian domon same tia, ĝuste tia devus esti mia korto, la longbranĉa nuksoarbo sur ĝi (ĉar nur ĝi kapablas doni tian densan kaj vere savigan ombron somere), la ĉerizarbo antaŭ la fenestro, eĉ tiu herbo kaj suno, ĉio devis resti sialoke, kaj tio estis grava. Mi eĉ ne dubis, ke Brioĉjo estos ĉiam kun mi.

Brioĉjo kreskis kiel neordinara, tre bonkora kaj karesema hundo, ĝi neniam bojis kontraŭ fremduloj, nur svingis sian voston paceme, vidante fremdulon la unuan fojon, kaj tion mi pleje ŝatis en ĝi. Sed la gepatroj kaj avinjo Olha havis alian opinion. Ili diris, ke Brioĉjo estas fuŝa hundo kaj ke la nebojado ne estas normo por hundo, ili prenis ĝin por bojado, hundo ja devas gardi la domon. Mi koleris kaj ofendiĝis pro iliaj vortoj, larmoj inundis miajn okulojn, mi rigardis mian Brioĉjon, sed vidis nur blankan svagan makulon. Plenkreskaj homoj povas esti vere ridindaj, mi pensis, ili ne komprenas evidentajn aferojn, ili konfuzas virtecon kun pekeco.

Mi sentis iun anstataŭigon de konceptoj, kvankam tiam mi eĉ ne povis esprimi tion per vortoj. Kiel oni ne povas ami iun pro ties bonkoreco? La absurdeco de la mondo penetris al mi tra barikadoj de mia infaneco, frapis per masiva ramo miajn murojn, la muroj krevis, kaj kelkloke la brikoj disrompiĝis, formante truojn. Mi febre provis savi min, fermadis la okulojn kaj submetis mian vizaĝon al la suno, vane esperante rememori tiun senton de feliĉego pro herbo sub mi, pro varma hunda lango sur mia vango kaj pro bildoj sub la rozkoloraj palpebroj. Estu ĉiam tiel, ĉiam, mi flustris al mi mem, sed tio ne plu estis, io malagrabla en mi malkvietigis min, proksimiĝante al mia gorĝo, mi malfermis la okulojn, kaj Brioĉjo denove fariĝis blanka svaga makulo. En nia loĝloko hundoj ne povis ekzisti nur por infana feliĉo, ili devis gardi la domon, kaj mi sciis tion, mi bone sciis tion. Iu stranga maltrankvileco kreskis en mi, iu antaŭsento de ŝanĝoj, kiun mi ankoraŭ ne komprenis, ĉar mi neniam spertis ilin en mia vivo, tiujn ŝanĝojn. Sed ŝanĝoj estas tiaj, ili ne atendigas sin longe.

Mi ne memoras, kiu el ili diris tion, ĉu panjo aŭ paĉjo, tiuj vortoj ŝajnis esti nenies, ili flugis el ies buŝo kaj preterflugis min tra la ĉambro, vantaj, sensencaj vortoj, kiuj signifis nenion por mi. Ĉar kion povas signifi por sepjara infano la vortoj, ke ni forveturos ien, por longe, por tre longe.

– Kaj kio okazos al avinjo Olha? – mi rigardis ilin – kaj kio okazos al Brioĉjo?

Strangaj estas tiuj plenkreskuloj, mi pensis, ja mi estas fantaziulino kaj povas elpensi ĉiajn nereale mojosajn aferojn, kaj ili ŝajne povas elpensi eĉ pli malrealajn aferojn.

– Ili restos, kaj ni iam revenos al ili ĉi tien.

– Kiam? – mi demandis ne flankiĝante de la ludo kun Brioĉjo.

– Iam... kiam vi adoltiĝos – ial balbute diris panjo.

Mi ne plu demandis, tio ne estis interesa por mi, estas ja logike, ke tio ne povas esti interesa por oni, se oni ne ŝatas tion.

La aŭtuno malvarmiĝis ĉiam pli kaj pli, kaj jam delonge ne eblis kuŝi sur la herbo. Brioĉjo plenkreskis kaj nun estis vere adolta hundo, mi almenaŭ pensis tiel. Ĝi ŝanĝiĝis, ĝia mallonga muzeleto plilongiĝis, ankaŭ ĝiaj oreloj kreskis iom kaj nun ridinde fleksiĝis kaj falis kiel anguletoj antaŭen. Ĝi kuris tiel rapide kaj saltis tiel alte. Mi vere fieris pri ĝi. Nur unu eco ne ŝanĝiĝis en ĝi, ĝi daŭre ne bojis kontraŭ fremduloj. Kaj mi plu ŝatis tion en ĝi pleje.

Iun sensunan tagon, paĉjo alportis hejmen du valizojn, ili estis tiom grandaj, ke en unu el ili, kiam neniu estis en la ĉambro, mi kun Brioĉjo lokiĝis tien, kaj tie eĉ restis iom da libera spaco. Mi karesis ĝian kapon, kaj ĝi rigardis min per siaj grandaj humidecaj okuloj, ĝi fidis min, mi sciis tion kaj pleje en la mondo mi timis rompi tiun fidon. Mi estas ĝia mastrino, ĝuste mi, tion paĉjo diris al mi, kiam li alportis ĝin en siaj manoj de sia onklo en la alia flanko de la vilaĝo.

Kaj kiel mi estas feliĉa, ke bonŝance mi estas kun ĝi, kun mia hundo, paĉjo elektis ĝin, blankan kaj lanugan, el la aro de la samaj blankaj kaj lanugaj hundidoj, elektis hazarde kaj ne konjektis, ke li ricevis la plej bonan, la plej bonkoran hundon, kiu neniam bojos kontraŭ iu, des pli ne mordos iun. Mi plu karesis Brioĉjon, ĝi atente rigardis al mi en la okulojn, hodiaŭ ĝi estis nekutime trankvila. Poste venis la gepatroj kaj ni devis forlasi nian valizon. Brioĉjo estis forigita eksteren, ja ne decas por hundo sidi en la domo.

Iutage mi aŭdis la plenkreskulojn interparoli. Ili parolis pri foriro. Ili parolis pri nia lando kaj kiel malfacile oni vivas ĉi tie, ili parolis pri prezoj, salajroj kaj multaj aliaj aferoj, kiuj estis nekompreneblaj kaj neinteresaj por mi. Ili diris, ke ili amas sian hejmon, sed devas foriri. Ili diris, ke nia lando estas malbona, ĝi estas sentaŭga. Kaj poste ili ekparolis pri Brioĉjo kaj mi senmoviĝis, ĉio en mi kunpremiĝis, ektremis. "Ni devos forlasi ĝin – ili diris. – Ĝi ne bojas kontraŭ homoj, ĝi ne gardas la domon, ĝi senutilas, ĝi nur vane konsumas manĝaĵon, prefere estus preni alian hundon anstataŭ ĝi. Panjo estas tro maljuna por nutri unu hundon, eĉ ne parolante pri du." Ne aŭskultinte la finon, mi enkuris la ĉambron, falis sur la liton kaj ploris tiel dum la tuta vespero ĝis la ekdormiĝo. Mi dormis malkviete, vekiĝis plurfoje, sed tuj denove ekdormiĝis. Mi vidis multe da sonĝoj en tiu nokto, en kiuj estis nia flavruĝa bovino Franda, ĝi kokete rigardis min el sub siaj dikaj nigraj okulharoj, kvazaŭ flirtante, abelsvarmo flugis super ĝi kvazaŭ super floro. Ĝi lekis sian nazon per sia granda rozkolora lango kaj ridetis al mi. Mi sonĝis avinjon Olha, kiu knedis paston por pastopoŝetoj en granda bovlo. La pasto en tiu bovlo estis pufa kaj blanka, kiel sukera vato, la manoj de avinjo plonĝis en la paston ĝiskubute, pro kio la pasto iĝis pli pufa kaj pli granda. Mi sonĝis mian aveton, kiun mi jam ne estis trafinta ĝustatempe en ĉi tiu mondo, mi vidis lin nur sur fotoj. Li falĉis papavojn en la legomĝardeno. La papavoj falis obeeme per la plataj falĉaĵoj maldekstren de li. Aveto ekvidis min, demetis sian ĉapelon kaj svinge signalis al mi per ĝi, gaje ridetante. Liaj flavaj metalaj dentoj brilis pro la suno. Mi sonĝis panjon kaj paĉjon, ili lulis min per ŝnura balancilo, kiu estis fiksita al branĉo de nia ĉerizarbo en la korto. Mi flugis tiel alten, super la ĉerizarbo mem, ĝis mi defalis de la balancilo kaj flugis super nia domo. Mi sonĝis, ke mi kuŝas sur la varma herbo, ferminte la okulojn, Brioĉjo lekas mian vangon, kaj mi imagas mian estontecon, naive kredante, ke la vivo povas esti tia, kiel mi volas, kiel mi amas ĝin.

Mi malfermis la okulojn. Miaj gepatroj vekis min, kaj du grandaj valizoj staris pakitaj surplanke apud la pordo. Estis tempo por foriri.

– Mi ne volas, mi ne iros! – mi subite kriis – mi ne permesos, mi ne permesos fari ion al Brioĉjo! Ĝi estas bona, mi amas ĝin. Mi ja respondecas pri ĝi, mi estas ĝia mastrino.

– Ĉio estos bona – oni trankviligis min. – Ĉio estas bona. Brioĉjo restos kun avinjo Olha.

Sed mi ne kredis ilin, mi sentis, ke mi ne kredu al ili. Mi sciis, ke miaj gepatroj estas bonaj, sed same kiel ĉiuj plenkreskuloj, ili multon ne komprenas. Ili, same kiel ĉiuj plenkreskuloj, ne scias, kio estas bona kaj kio estas malbona.

– Mi ne povas iri ien ajn, mi devas resti, mi devas atenti, por ke ĉio estu bone al ĝi.

– Ni revenos, ni certe revenos iam – panjo ploris – mi kredas, ke Brioĉjo atendos nin.

– Sed kial ni iru ien ajn? Kial ni lasu iun por atendi ĝin poste?

La pordo knaris, kaj la ĉambron, apogante sin sur bastono, eniris ploranta avinjo Olha. Surbrake ŝi portis Brioĉjon. Brioĉjo vigle svingis sian voston kaj impetis al mi, ĝi lekis mian vangon kaj jelpis per maldika voĉo. Tio estis vera adiaŭo.

Kio povas okazi dum dek jaroj? Ja io ajn. Dum dek jaroj ĉio povas plene ŝanĝiĝi, ĉio, krom amo. Dum tiuj dek jaroj ŝanĝiĝis mia korpo, plurfoje ŝanĝiĝis miaj hararanĝo kaj harkoloro, miaj preferoj kaj ŝatokupoj, la lingvo, per kiu mi komunikiĝis en la lernejo, kelkaj bicikloj, trifoje estis ŝanĝita mia loĝloko, sed mia amo al la loko, pri kiu memoro velkiĝis iom post iom, ne lasis min, ĝi tenis min tiel forte, ke ĝi ŝajnis la plej reala el ĉio, kio estis en mia vivo. Dumtage mia amo buliĝis kiel katido, ie profunde en mi, kaj tie ĝi mallaŭte ronronis. Sed nokte ĝi donis al si liberecon. Tuj kiam mi fermis la okulojn, mi vidis avinjon Olha en aŭreolo de milda lumo, knedantan pastopoŝetojn el la plej delikata, la plej maldika pasto en la mondo (ŝi scipovis tion); Brioĉjon, kiu, elŝovinte sian langon, kuras renkonte al mi; la ĉerizarbon surkorte, la ĉerizarbon florantan, la ĉerizarbon kun fruktoj, la neĝokovritan ĉerizarbon; nian preĝejon, kiu kunvokas homojn al la diservo per sonorilo, per la sonorilo, kiu reeĥis interne kaj disvastiĝis per agrablaj ondoj de la koro kaj tra la tuta korpo. Dek jaroj, kiam ili pasas, ili ŝajnas al vi neeltenebla longaj, sed kiam la kalkulo finiĝas kaj vi laŭte diras ĉi tiun nombron, vi konstatas, ke fakte ĉio estis iluzio, iu distordo de la tempo, ĉar nur nun vi rimarkas, ke dek jaroj estas nur momento. "Ĉu eble ankaŭ mia amo estas iluzio? – mi pensas – Eble tiu mondo tute ne ekzistas, eble mi nur sonĝis ĉion?" Sed tiam mi venis al la tirkesto plena de leteroj de avinjo Olha kaj elspiris trankviliĝante: "Ĝi estas reala."

Ni vere revenis hejmen, ne por longe, sed revenis. Dek jaroj pasis kvazaŭ momento, kaj jen mi estas denove tie ĉi. Avinjo Olha estas grave malsana. Panjo helpas ŝin leviĝi, por ke ŝi sidiĝu surlite. Avinjo kisas min, ploras, demandas, kiel mi fartas, kaj mi ial, anstataŭ respondi, demandas ŝin, ĉu ŝi plu faras pastopoŝetojn. Avinjo nur ridas tra siaj larmoj:

– Mi jam ne knedos ilin ĉi-jare por la Kristnaska vespero.

Avinjo multe ŝanĝiĝis, ŝi estas faltoplena, kiel sekigita piro, kaj ŝiaj manoj tute ne estas tiel rapidaj kaj belaj, kiel mi memoras ilin. Mi ne volas vidi ĉion ĉi, mi ne volas aŭdi, mi fermas la okulojn kaj vidas nur la blankan paston, similan al sukera vato, kiun mia avinjo knedas por fari pastopoŝetojn.

– Vi estas jam tiel granda – diras avinjo Olha per tremanta voĉo – kiel estas domaĝe, ke mi ne vidis vin kreski, mi ĉion preterlasis, Sonjo, mi ĉion preterlasis.

– Ja ne vi preterlasis, avinjo – mi diras. – Ja ni preterlasis tion – kaj mi forlasas la ĉambron.

Estas malvarmete ekstere, mi levas la kolumon de mia jako, viŝas miajn larmojn, rigardas antaŭ mi kaj nur ĵus mi konstatis, ke la ĉerizarbo forestas.

– Avinjo Olha diris, ke ĝi velksekiĝis kaj mi estis devigita forhaki ĝin – diras paĉjo, kiu kaptas mian glaciĝintan rigardon sur la arbostumpon.

Kaj en tiu momento min penetras subita konjekto. Certe, kiel mi povis forgesi? Mi ĉirkaŭrigardas:

– Brioĉjo! Brioĉjo!

Mi kuras ĉirkaŭ la domo:

– Brioĉjo!

Mi kuras al la hundujo, apud kiu estas ĉeno sur la tero, mi rigardas enen:

– Brioĉjo!

– Sonjo – paĉjo alproksimiĝas al mi – Brioĉjo ne plu estas tie ĉi.

– Sed kie ĝi estas?

– Ĝi elĉeniĝis, forkuris kaj ie malaperis. Tio povas okazi kun hundoj.

– Kiel vi scias?

– Avinjo Olha iam skribis.

– Ĉu ĝi forkuris, aŭ ĉu vi forigis ĝin, kiel vi iam planis? – mi ploras.

– Sonjo, dek jaroj pasis, ĉu tio gravas nun?

Paĉjo revenas hejmen. Tra la malfermita pordo mi aŭdas avinjon Olha tusi. "Ja ne vi, avinjo, ja ni preterlasis tion" – mi diras al mi mem. Mi fermas la okulojn, levas la kapon al la ĉielo. La suno penetris tra miaj fermitaj palpebroj. Kaj jen mi jam kuŝas sur la varma herbo, Brioĉjo lekas mian vangon. Mi sentas, kiel min superplenigas amo al somero kaj Brioĉjo, amo al ĉio, kio jam delonge forestas. Mi estas denove tiu knabineto, senzorga kaj ĝojoplena, nur nun mi ne havas fantaziojn pri la estonto. Mi kuŝas sur la herbo ensomere kaj min mirigas tiuj plenkreskuloj (kiaj naivaj ili ja estas), ili pensas, ke de ĉio devas esti iu profito, eĉ en amo ili serĉas ĝin, sed amo ne estas tia, ĝi ne donas profiton, amo donas feliĉon.

(Elukrainigis Petro Palivoda)

Pli leĝera ol aero

Alina jam ne memoris, kiam ŝi sentis unuafoje, ke ŝia korpo leĝeriĝis. Ŝajne tio estis antaŭ longe, antaŭ eterneco – sed samtempe ankaŭ antaŭ nelonge, ŝajne ĝuste hieraŭ ŝi estis la sama kiel ĉiuj aliaj. Ĝenerale, ŝi tre ŝatis tiun leĝerecon; kaj ne nur ĉar ĝi distingis ŝin de aliaj junulinoj, sed ĉefe ĉar ĝi estis tre oportuna kaj utila en la vivo. Kiam Alina kuris al sia laborejo en pluva vetero, ŝi povis transsalti du aŭ tri flakojn samtempe. Tiel facile ŝi forpuŝis sin de la tero – kaj preskaŭ nerimarkeble flugis super tiuj flakoj. Kutime, Alina provis fari tion, kiam ne estis homoj proksime, por ne esti rigardaĉata, ĝuste tion la junulino ne ŝatis. Sed foje, kiam ŝi ne havis tempon, ŝi simple ne atentis homojn, ŝi nur flugis iomete supren tie kaj ĉi tie, kaj jen ĉio.

Aŭ kiam ŝi dancis ĉe geedziĝa festeno, ŝi iomete levis la piedojn – kaj ĉio; ŝi nur turniĝis unisone kun sia kundancanto. La viroj adoris tion, diris, ke ŝi dancas bele, la plej bone el iu ajn, kun kiu ili iam dancis. Alina ĉiam trovis tion tre amuza, ĉar ŝi komprenis, ke ili ŝatas ne ŝian gracion, sed sian propran; homoj ĝenerale plej ŝatas sin en la mondo.

Alina multe pli ŝatis danci sole. Tiam ŝi povis ne deteni sin, saltis desursofe kaj flugis ĝis la plafono, turniĝis en la aero, faris diversajn dancpaŝojn. Jes, ŝi ŝatis tiun leĝerecon, sed la gepatroj de Alina ne ŝatis ĝin, vere ne ŝatis ĝin. Ili ĉiam rigardis la junulinon malaprobe, kiam ŝi permesis al si fari ion tian antaŭ iliaj okuloj. Ekzemple, kiam patrino petas doni vazeton da acidkremo el la fridujo, Alina forpuŝas sin de la planko kaj malfermas la pordeton momente. "Tiel estas pli rapide," – pensas Alina. Kaj poste alia salto – kaj jen ŝi jam donas la vazeton al patrino, sentante pri si ian nerezisteblan kontenton, kiu penas tuŝi la angulon de ŝiaj lipoj kaj iom levi ilin. Foje tio okazas – kaj tiam la apenaŭ rimarkebla rideto de Alina kaŭzas al patrino eĉ pli da malkontento.

Kaj intertempe homoj komencis paroli. Iu vidis, kiel Alina flugis super flakoj, iu rimarkis, ke ŝi ne tuŝis la plankon, kiam ŝi dancis kun viroj ĉe geedziĝa festeno, iu – kiel ŝi suprenflugis por pluki pomon de arbo ĉe la vojo. Homoj koleris, kaj ankaŭ la gepatroj de Alina kun ili. Iun malgajan pluvan matenon ili eniris ŝian ĉambron, estis seriozaj kaj senhezitaj, diris, ke Alina devas vesti sin, ke nun ili ĉiuj kune iru al la kuracisto. Alina ekĉagreniĝis, ŝi ne volis iri ien, sed la decidon ŝi tamen rapide obeis, ĉar ŝi jam sciis, ke tio devas okazi iam.

Patrino, patro kaj Alina iris laŭ la strato. Alina sentis sin terure malkomforte, ŝi estis kondukata, kiel malgranda infanino de la unua klaso, sed ŝi delonge ne estas infanino. Ŝiaj gepatroj estis antaŭe, kaj ŝi estis malantaŭe, ŝrumpita kaj malvigliĝinta, kvazaŭ hontigita. Kaj vere, Alina hontis, ŝi provis paŝi kiel eble plej firme, ŝi eĉ intence elektis ŝuojn kun pezaj kalkanumoj, por ke, Dio gardu, ŝi ne deteriĝu tro alten; en tiu momento Alina preferis ĝenerale neniam deteriĝi, nur enkreski la teron, kiel arbustoj kaj arboj enkreskas. Ŝiaj gepatroj de tempo al tempo retrorigardis ŝin, kaj kiam ili transiris la straton sur la zebropa-sejo, patrino eĉ prenis ŝian manon.

La kuracisto ekzamenis Alinan tre zorge. Fakte, komence li ne komprenis la gepatrojn de Alina, kaj kiam li komprenis, li tamen ne kredis tion. Alina devis montri siajn kapablojn por finfine klarigi ĉion. Post tio, la laboro ekbolis. Alina estis sendita por ĉiuj eblaj medicinaj ekzamenoj, ŝi estis ekzamenita de dekoj da kuracistoj, sed neniu anomalio estis trovita. Vespere, lacaj, malsataj kaj iom seniluziigitaj, ili revenis hejmen, la rezultoj de kelkaj provoj estos konataj poste, sed eĉ sen ili, unu afero estis klara: ne ekzistas respondo al la demando, kio estas malbona ĉe Alina, kaj ŝajne ĝi ne ekzistos.

Por Alina egalis, ŝi nur volis enlitiĝi kiel eble plej baldaŭ, sed ŝiaj gepatroj estis klare seniluziigitaj. La junulino esperis, ke tio estos la fino de ĉiuj ŝiaj turmentoj – sed ve! La sekvantan tagon, denove matene, venis patrino kaj trankvile kaj timeme sidiĝis apud Alina sur la liton. La junulino ĵus vekiĝis, do ŝi rigardis sian patrinon, kvankam senmove, sed malrapide kaj pigre palpebrumante. Patrino rimarkeble maltrankviliĝis, por diri la veron, ili neniam havis plene seriozan interparolon pri tiu ĉi trajto de Alina, kiu tiel maltrankviligis ĉiujn.

– Aŭskultu, infanino, – komencis patrino, tordante angulon de la litkovrilo en siaj manoj. – Vi scias, ke mi kaj patro estas maltrankvilaj pri vi.

– Jes, – respondis Alina per dormema voĉo.

– Neniu scias, kio estas al vi, vi mem vidis tion: eĉ kuracistoj nenion povas klarigi.

Alina silentis, konsentante kun ĉio dirita.

– Ni ne scias, kiel helpi vin...

– Sed ĉe mi ĉio estas en ordo, mi sentas min bonege,- Alina rapidis kontraŭi, sed patrino firme haltigis ŝin:

– Neniu povas senti sin bone en la situacio kiel via. Patro kaj mi neniam ĉesos, ni faros ĉion eblan por ke vi reiĝu vi mem, ni ŝparos nek tempon nek monon. Mi mendis ion por vi. La pakaĵo alvenos post kelkaj tagoj, tio estas por nuntempe, kaj poste ni serĉos aliajn metodojn por savo.

– Savo? – grimacante, mallaŭte ripetis Alina, sed patrino ne plu aŭdis ŝin, ŝi delitiĝis kaj kun esprimo de profunda malĝojo kaj sindonemo iris al la pordo.

Estis ĉirkaŭ tagmezo, kiam patrino eniris la ĉambron de Alina, tenante brunan paperan skatolon en siaj manoj. Ial ŝia milda rideto tuj maltrankviligis Alina-n. La junulino eksvingmoviĝis sur sia seĝo. Patrino haltis, tenante la skatolon en la manoj tiel solene kiel oni tenas panon kaj salon sur mantuko antaŭ fremda ambasadoro. Sed post kelkaj sekundoj, rimarkinte ke Alina ne estas tro impresita de la skatolo, patrino malfermis ĝin mem kaj elprenis paron da nigraj, grandampleksaj kaj malbelaj ŝuoj.

– Jen, – ŝi transdonis ilin al la junulino, ridetante. – Manfaritaj, vera ledo, faritaj laŭ mendo.

Alina, ne kaŝante sian miron, etendis sian manon por preni ŝuon kaj rigardi ĝin pli detale. Ŝi ne komprenis, kial ŝi bezonas ilin, ŝi havis sufiĉe da ŝuoj, nur lastatempe aĉetis novajn.

– Karulino, vi prenu prefere kun du manoj, – patrino nur sukcesis diri, kiam Alina forprenis la ŝuon el ŝiaj manoj kaj tuj faligis ĝin sur la plankon.

– Ho mia Dio, – diris la junulino terurite, ankoraŭ rigardante la ŝuon, kiu nun kuŝis sur la planko.

– En la plandumo estas platoj el iu alojo, oni klarigis al mi, sed mi ne memoras kiel ĝi nomiĝas, – patrino murmuris iel kulpe, levante la ŝuon de la planko. – Ili estas nekutimaj, vi ja komprenas, – patrino ial ne rigardis Alina-n, nur la ŝuojn. – Manfaritaj, laŭ mendo.

– Sed ili estas pezegaj, ne eblas eĉ teni ilin en la manoj.

Patrino provis konservi sian demonstran optimismon dum kelkaj pliaj sekundoj, sed ĝi forglitis de ŝi kiel la peza skatolo kun la ŝuoj volis forgliti el ŝiaj manoj. Fine, patrino rezignis, surplankigis la skatolon kaj sidiĝis sur seĝon ĉe la tablo de Alina.

– Mi scias, mia filinjo, mi scias, sed tio estas la nura afero, kiu povas iel helpi vin nun. Mi promesas, ni elpensos ion, ni certe eltrovos ion ĝustatempe. Sed dume vi devas uzi ilin.

Nur nun Alina rimarkis, kiel lacaj estas la okuloj de patrino – eble ŝi ne dormis la tutan nokton.

– Sed ĉu vi certas, ke mi povos moviĝi en ili? – demandis la junulino malfeliĉe.

– Estos malfacile, sed ni helpos, ni helpos.

Nun Alina komencis novan vivon. Antaŭe ŝi eĉ ne konjektis, kiom ŝi dependas de la maniero de moviĝo en la spaco. Iam ŝi iris, kuris, saltis, sed nun ŝi apenaŭ povis treni siajn gambojn malantaŭ si. Ŝi devis forlasi sian laboron, tamen nun ŝi havas pli da tempo por si mem. Bedaŭrinde ŝi havis – ĉar ŝi ne plu ĝojigis sin kiel antaŭe. La pezaj nigraj ŝuoj iĝis ŝia sola piedvesto, almenaŭ por ekstere. Alina ne plu saltis super flakoj, ne flugis al la supraj branĉoj por pomoj, kaj sidis ĉe geedziĝaj festenoj kvazaŭ ŝi estus la avino de la gefianĉoj, sed ne ilia samaĝulino. Ĉiu paŝo estis malfacila por ŝi, kun la tempo ŝiaj artikoj komencis dolori. Do la junulino komencis eliri malpli kaj malpli ofte. Malgraŭ la pezeco de la ŝuoj, la leĝereco de Alina ne malaperis, male ĝi progresis. Ŝiaj saltoj plialtiĝis, ŝi povis facile fari kap-saltojn en la aero, tuŝi la plafonon kaj glate surplankiĝi.

Alina estis belulino, tio ne estis sekreto, kun pura klara haŭto kaj fajnaj vizaĝaj trajtoj. Ŝiaj gepatroj iam havis grandajn espe-rojn pri ŝi, ili diris, ke ŝi certe renkontos indan koramikon, sed nun Alina nur digne renkontis sian solecon. Malforta, pala kaj silenta, ŝi nur rigardadis tra la fenestro de sia ĉambro la aleon, kiun ŝi tre amis. Printempo estis akiranta impeton, floris, odo-ris kaj senkompate rememorigis Alina-n pri sia senpoveco. Ŝiaj gepatroj tre timis ellasi sian filinon el la domo sen la ŝuoj – oni nur imagu, ke ŝi flugos tro alte kaj poste falos! Oni supozu, ke iu vidos ŝin! Sed ili ankaŭ ne plu volis vidi tian kompatindan bil-don. Alina sopiras al la strato – ili bone sciis tion. Do iun tagon, patrino eniris la ĉambron de Alina kaj diris al ŝi, ke ŝi vestu sin pli varme, ĉar ili iros eksteren. La junulino ne plu povis moviĝi en la ŝuoj memstare, pro la doloro en ŝiaj piedoj, do ŝia patro prenis ŝin sur siajn brakojn kaj portis ŝin malsupren laŭ la ŝtuparo. Alina hontis, sed ŝi tre volis iri eksteren. Jam tie, en la freŝa aero, ŝi sentis, ke ŝi ankoraŭ vivas. Ŝi sidis rimenita al la benko en siaj ŝuoj apud siaj gepatroj kaj ĝuis la mildajn radiojn, kiuj falis sur ŝian vizaĝon. Amuza danca muziko aŭdiĝis de ie, kaj ŝiaj piedoj sub la kovrilo moviĝis laŭ la takto. La vangoj de Alina ruĝiĝis, kaj jam hejme ŝi havis apetiton, kiun ŝi delonge ne havis. La gepatroj de Alina estis tiel feliĉaj pri tio, ke ili firme decidis elporti sian filinon por promenadoj ĉiutage.

Tiel pasis printempo kaj venis somero. Nun Alina estis elpor-tata – kvankam en la samaj ŝuoj, sed jam en facilaj sarafanoj, roboj kaj jupoj. La harojn Alina permesis al si malplekti pli kaj pli ofte, kaj ili flugis kun la vento, montrante ĝian direkton al ĉiuj preterpasantoj, precipe al viroj. Foje Alina kaptis sur si iliajn scivolemajn kaj simpatiajn rigardojn – kaj tiam ŝi mallevis la okulojn al la libro, kiu ĉiam kuŝis sur ŝiaj genuoj, savante sin de nekompreneblaj situacioj, kiam ŝi ne plu volis daŭrigi vidkontakton. La gepatroj ĉiam humile sidis sur la benko apud ŝi, konsciaj pri sia amo kaj ofero, humiligitaj kaj pacigitaj, certaj pri la eterna soleco de sia filino. Fojfoje, vidante junan paron kun malgrandaj infanoj, ili nur trankvile suspiris kaj forrigardis. Iafoje ankaŭ Alina akompanis tiujn parojn per siaj rigardoj.

Alina scipovis fari ĉion digne. Ŝi digne portis sian solecon, kaj digne renkontis sian amon. Kiam la gepatroj nur unufoje lasis Alina-n en la parko, tiam juna viro tuj aperis en ilia loko. Li estis larĝa en la ŝultroj, fortika, havis grandajn sunbrunigitajn brakojn. Lia nomo estis Boris, kaj li scipovis bone ridi. Lia rido estis potenca kaj vasta, kiel tondro kiu aŭdiĝas super la montoj. Kaj lia nomo... kion nur lia nomo valoris. Kiam li diris ĝin, ŝajnis al Alina, ke ĝi estas alvoko, sed ne nomo. Kaj vere: Boris signifas: batalu! Ŝi devas batali por sia vivo. Kiam la gepatroj venis, Boris jam sidis surprize proksime. Lia genuo preskaŭ tuŝis ŝian genuon, kaj lia ŝultro tuŝis ŝian ŝultron. La gepatroj estis mirigitaj kaj konfuzitaj, ili ne sciis, kiuflanke stariĝi, ĉar Boris, ŝajne, eĉ ne pensis leviĝi de la benko. Sed fine li rekonsciiĝis, redonis al ŝiaj gepatroj ilian ĝustan lokon, ĉirkaŭpaŝis dum minuto kaj poste malaperis inter la florantaj arbustoj. Restinte solaj, ĉiuj tri estis perpleksaj kaj certaj, ke Boris eniris iliajn vivojn por la unua kaj lasta fojo. Sed ili eraris – la sekvan tagon denove aperis Boris. Ĉi-foje li estis kun floroj kaj decidemo en siaj okuloj. Starante antaŭ la gepatroj de Alina, li esprimis sian silentan sed obstinan rajton por ilia loko, do la gepatroj, venkitaj de lia karismo, tuj rememoris pri urĝaj aferoj kaj malaperis. Alina sentis strangan kaj dolĉan maltrankvilon ie en la profundo de sia korpo. Boris staris ĝuste antaŭ ŝi, li estis kiel roko, malhela, larĝa, ŝajne eterna. Li staris tiel firme sur la tero, tiel firme, ke ŝajnis, ke gravito tiras ne lin al la tero, sed la teron al li. Subite Alina havis neelteneble fortan deziron stari sur la tero same kiel Boris, kaj se ne ŝi sin mem, do ke li ŝin alpremu. Ŝi ekdeziris stariĝi apud lin, ŝi tiriĝis, sed la rimeno ne ellasis, kaj la junulino, rememorinte, kiu ŝi estas kaj kio okazas al ŝi, trankviliĝis kaj repremis sin al la benko. Li rimarkis ŝian impeton, sidiĝis apud ŝin, zorgeme tuŝis ŝian genuon kaj diris kviete:

– Mi komprenas ĉion, mi komprenas, tio ne estas problemo. Do Boris venis dum pluraj tagoj sinsekve – kaj post ĉio, fine aroginte, esprimis sian deziron porti Alina-n hejmen. La gepatroj konsentis. Boris iris antaŭe, do nek li nek Alina vidis kiel ridetis patro kun patrino kaj viŝis larmojn de feliĉo, rigardante lian dorson. Post pluraj tiaj liveroj hejmen, Boris petis permeson esti ne nur ĉe la pordo de la apartamento, sed ankaŭ en la ĉambro de Alina. Ĉiuj konsentis ĝentile, do Boris portis Alina-n en la ĉambron kaj zorgeme surlitigis ŝin. Alina mallaĉis siajn ŝuojn, demetis kaj ĵetis ilin en la angulon. Ŝi frotis la maleolojn, turnante samtempe la plandojn ĉiuflanken. Boris, perdinte la parolkapablon, rigardis la procezon.

– Mi pensis, ke vi ne povas iri, – li diris per tremanta voĉo.

– Mi povas, sed... – Alina hezitis. Venis la momento, kiun ŝi plej timis. – sed ne kiel ĉiuj. Vi komprenas, mi havas unu... – ŝi volis diri "trajton", sed, dankon al Dio, ĝustatempe ŝi eksposedis sin kaj korektis sin – unu malsanon.

Kaj decidinte ne prokrasti la aferon, Alina tuj prezentis ĝin. La junulino desurlitiĝis kaj tuj disiĝis de la tero. Ŝi flugis tiel alte, ke preskaŭ batis sian kapon kontraŭ la plafono. Ŝi volis malsupreniĝi, sed evidentiĝis ke ŝiaj haroj estis enŝovitaj inter la vitraj floretoj de la lampokloŝo. La junulino ekkriis, kaptante sian kapon. Boris, kiu fiksis siajn nigrajn okulojn sur Alina, ekvigliĝis kaj rapidis por helpi. Li ne vidis de sube, kio ne estis en ordo, sed li rapide elpensis: substarigis seĝon, trafis sur la saman nivelon kun Alina kaj komencis per tremantaj manoj savi la hartufon. Venkinte la harojn, Boris kaptis la talion de la junulino kaj tiris ŝin malsupren. Ektrovinte sin en liaj brakoj, Alina provis, kvankam timeme, sed tamen forpuŝi lin, kaj tuj sentis, ke batali kun Boris estas tute sensence. Kaj kial batali kontraŭ tio, kion vi vere aspiras?

Do, Alina falis, kaj Boris falis sur ŝin. Nur nun, premita de li, Alina sentis, kiom multe li pezas. Kaj efektive, tagon post tago li havis pli pezan signifon por ŝi...

Boris ankoraŭ dormis, eligante malaltajn laringajn sonojn. Alina plonĝis en pripensojn. Ŝajnis al ŝi, ke ŝi ne plu povos esti tia, kia ŝi estis ĝis nun. Ŝajnis, ke ŝi jam neniam povos disiĝi de la tero kaj de tiu forta viro. Sed kiam Boris ellitiĝis, Alina, kiu volis akompani lin al la pordo, denove flugis al la plafono mem.

La tempo pasis, Alina kaj Boris ĉiutage vidis unu la alian, li venis kaj portis ŝin eksteren. Ĉiufoje ili provis elekti alian benkon, unufoje ili eĉ provis atingi la plej proksiman parkon por diversigi sian vivon. Sed evidentiĝis, ke tio ne estas tiel facila. Alina ne povis piediri pro la doloro en siaj piedoj (ne estis demando esti ekstere sen la ŝuoj), kaj Boris ankaŭ ne povis porti ŝin ĉien en siaj brakoj, krome tio altiris tro da atento. Do ili devis toleri sian karan skvaron. Kun la tempo, ilia sidloko sur la benko, riĉa je pasiaj rigardoj kaj soifaj tuŝoj, iĝis nur sidado sur la benko. La interrilatoj plifortiĝis, kaj samtempe la scivolemo trankviliĝis. La turbulenta montara rivero de ilia amo malrapidiĝis, larĝiĝis, turniĝante al plata, trankvila kaj prudenta. Unufoje, ne povante plu rigardi la foliaron sur la arboj, Alina fermis la okulojn kaj diris:

– Kiel se mi demetus ilin?

– Kion? – Boris disiĝis de la telefono.

– La ŝuojn.

– Kion vi diras?! – la junulo ektimis.

– Sed mi ja neniam provis. Kaj kio, se nenio okazus? Kaj kio, se mi ne malaperus ien, mi nur saltos iom pli alte ol la aliaj, kiel antaŭe?

– Jes, iom pli alte ol la aliaj, – Boris ridaĉis, – ĝis la pintoj de la plej altaj arboj.

– Kio do? Se eĉ estos tiel, mi ja revenos poste.

Boris demetis la telefonon. La konversacio serioziĝis.

– Boris, estas malfacile por mi, mi ne povas iri, kvankam mi ne estas kriplulino. Verdire, mi neniam konsideris mian malsanon kiel malsano, almenaŭ antaŭe, kiam mi ankoraŭ estis laboranta. Kaj... – Alina hezitis.

– Kio?

– Mi ŝatas tion.

– Alina, ĉu vi seriozas? – Boris ektimis. Li vere ne volis aŭdi respondon, tute ne volis paroli pri tiu temo. Kaj Alina ne intencis respondi, ŝi nur denove fermis la okulojn kaj silentis.

Boris ne venis al Alina dum pluraj tagoj, la junulino eĉ komencis maltrankviliĝi. Sed li telefonis kaj trankviligis – li diris, ke li havas gravajn aferojn kaj venos tuj, tuj kiam li solvos siajn problemojn.

Kaj iun matenon Boris fine frapis la pordon de ŝia ĉambro. Alina malfermis ĝin kaj, vidante la larĝan rideton de Boris, estis tiel feliĉa, ke, eĉ ne rimarkinte tion, ŝi deŝiris sin de la planko kaj turniĝis en la aero, kiel turbo. Boris kaptis ŝiajn gambojn kaj malsuprenigis ŝin.

– Mi longe pensis pri tio, kion vi diris tiam en la parko, – komencis Boris, kaj liaj nigraj malsekaj okuloj brilis de tenero. – Mi scias, kiel malfacile estas por vi sidi en tiu parko, ĉiam unuloke, ne povante libere moviĝi. Kaj mi volas, ke vi estu feliĉa.

– Boris, mia karulo! – Alina ĉirkaŭbrakis lian masivan kolon. La junulino ne povis kredi sian feliĉon. Ŝi sciis, sciis, ke li subtenos ŝin, lasos ŝin flugi, salti tiel alte kiel ŝi nur volus, eĉ ekstere.

– Dankon! Mi sciis!

– Mi havas ion por vi, nun nia vivo ŝanĝiĝos por ĉiam.

Boris malfermis la pordon de la ĉambro kaj solene montris per la mano ion starantan malantaŭ la pordo en la gastsalono.

Alina, ankoraŭ en stato de afekcio pro sia feliĉo, ĝoja kaj senzorga, stariĝis sursojlen. Kaj meze de la salono ŝi ekvidis tute novan, brilan rulseĝon.

Ankoraŭ kun rideto sur la vizaĝo, la junulino rigardis la seĝon, ne plene komprenante, kio okazas. La ĝojaj gepatroj de Alina enrigardis el la kuirejo.

– Estu pli kuraĝa, nun ĝi estas via, – Boris facile puŝis ŝin ĉe la ŝultroj.

La rideto glitis de la vizaĝo de Alina, tordante ŝiajn lipojn en grimacon de abomeno. Ŝi malrapide turnis la kapon al Boris, esperante aŭdi, ke ĝi ne estas por ŝi kaj ke ĝi estas ia eraro.

– Mi scias, tio estas iom nekutima, sed vi povos vidi la mondon... Nu, ne la mondon, – Boris rapide korektis sin. – Eble ne la mondon, sed nian urbon certe, kaj ĉio ĉi estos sendolora.

Boris puŝis rulseĝon tra la urbocentro. Alina sidis en ĝi en siaj ŝuoj.

– Tiom da novaj kafejetoj estis malfermitaj, mi ne estis tie delonge, – diris ĝoja Boris.

– Jes, – konsentis Alina, ĉirkaŭrigardante.

– Vi vidas, kiel mojose estas por ni nun!

– Jes, dankon, mia karulo, – Alina ridetis.

– Kia bela ora aŭtuno! – la romantika Boris ne ĉesis .

– Kaj ĉu vi scias, kion mi volas?

– Kion, mia karulino?

– Mi ŝatus iri ien al la naturo.

– Al la naturo?

– Kaj ĝuste kien?

– Ekster la urbon, al la lago. Mi aŭdis, ke oni faris mirindan ludejon por infanoj tie.

– Ĉu ludejon por infanoj? – Boris ridis, kaj lia rido estis same bela, kiel kiam ŝi unue aŭdis ĝin. Li estis potenca, kiel tondro super montopintoj. – Estas tro frue por vi pensi pri ludejoj. Sed ni povas labori pri tio, por ke estu kialo por veturi tien venontaŭtune, ĉu ne? – Boris ludeme tiklis la kolon de Alina.

– Jes, jes, sed ni tamen veturu, – ne cedis la junulino.

La tago estis vere mirinda, varma, kvazaŭ somera. Ne estis homoj, nur kato promenis sole inter la infanaj atrakcioj.

– Ni veturis duonvoje ĉirkaŭ la mondo por sidi inter arboj kaj balanciloj, – la voĉo de Boris estis pli laca ol incitita.

– Mi adoras balancilojn; kiam mi estis infanino, mi ĉiam amis balancadon. Karulo mia, sidigu min sur tiun, – Alina montris per sia mano la ŝnurbalancilon ligitan al branĉo.

– Sur tiun? – redemandis Boris nekredeme. – Ĝi estas farita el ŝnuroj, kaj branĉo, ĉio povas okazi, ne eltenos, vi havas ja ŝuojn.

– Mi petas vin, mi tiel volas balanciĝi, kiel mi faris, kiam mi estis infanino.

– Sed kial? Vi lastatempe havas strangajn kapricojn.

– Nu, bonvolu, – petegis Alina.

Boris ne eltenis ŝian strangan kaj vere infanecan rigardon kaj konsentis. Tamen li faris pliajn provojn persvadi Alina-n sidi sur la fera balancilo, sed la junulino rifuzis esti persvadita.

– Sed vi vere eble estos tro peza por tiu balancilo.

– Sed vi demetu miajn ŝuojn.

– Kion?

– Nu, vere, mia karulo, se vi jam konsentis, do plenumu vian promeson. Faru min balanciĝi tie.

Boris hezitis.

– Sed tio estas iel riska, tion ni neniam antaŭe faris.

– Mi scias, mi scias, sed nenio terura okazos. Mi tenos firme la ŝnurojn, kaj vi, se vi volas, sekurigu min, ligu min al la balancilo per io. Mi amuziĝos kaj ni veturos hejmen.

– Ho, mi ne scias, – Boris kuntiris la brovojn, li evidente ne ŝatis la tutan ideon. – Bone, – li finfine konsentis. – Sed mi vere ligos vin.

Do la laboro ekbolis. Boris antaŭe malbukis la du rimenojn, kiuj fiksis Alina-n al la rulseĝo, poste demetis ŝiajn ŝuojn, diris al ŝi, ke ŝi firme tenu ĝin, kaj nur tiam portis ŝin al la balancilo. Poste li rapide ligis la ŝnuron, kiun li ial ĉiam kunportis en saketo sur la rulseĝo, unu finon al la maleolo de Alina, kaj la alian al la plej proksima kaj dika arbobranĉo.

– Kaj sciu, ni faras tion la unuan kaj la lastan fojon, – grumblis Boris, okupante sin pri la laboro.

– Kompreneble, – aŭ diris Alina, aŭ ridis.

La longo de la ŝnuro permesis, do la junulino balanciĝis kiel eble plej alte, forskuante nekredeble belajn oranĝajn foliojn de la arbo ree kaj ree. Alina ridis laŭte kaj furioze, ne timante, ke iu aŭdos – eble ĉar estis neniu alia, krom Boris, proksime, aŭ eble ĉar ŝi simple nenion plu timis.

– He, pli facile! Boris kriis de ie malsupre, sed ŝi ne atentis.

Post iom da tempo li jam demandis malkontente:

– Ĉu vi longe balanciĝos?

– Jes, longe, – Alina kriis al li, malfacile spirante.

– Tiam mi kuros tien, al la vendejo, ĝi estas tre proksime. Kaj vi jam haltu kaj ripozu, mi revenos post minuto.

– Bone, – Alina konsentis, malrapidigante sian balancadon.

Boris kuris rapide. Ne tial, ke li timis por Alina, ne, li firme ligis ŝin, do nenio danĝera povus okazi, nur ĉiaokaze li volis reveni pli frue.

Sed revenante, li rimarkis de malproksime, ke io misas.

Li ekkuris, kunpremante en la manoj antaŭ si la botelon kun akvo, kiun li ĵus aĉetis, sed jam forĵetis ĝin. Li kuris kaj ne spiris, nur kriegis. Li vokis Alina-n, kiu certe decidis priŝerci lin.

Sed Alina ne estis trovita sur la balancilo, ŝi ne estis sur la seĝo, kaj nenie proksime. La ŝnuro senforte pendis de la plej dika branĉo, kaj pezaj nigraj kaj jam bone eluzitaj ŝuoj kuŝis ĉe la piedoj de la seĝo.

– Alina, Alina! – kriegis la ekscitita Boris, sed vane.

Timigita kato forkuris ien, la oranĝa foliaro falis de la arbo tie kaj alie, kovrante la rulseĝon kaj la ŝultrojn de Boris.

Subite, kvazaŭ rekonsciiĝinte, li ĉesis ĉirkaŭrigardi kaj levis la kapon – kaj tie, supre, en la ĉielo, surprize klara dum tia aŭtuno, li ekvidis malhelan makulon. Ĝi moviĝis, malpligrandiĝante kaj paliĝante. Ĝi povus esti birdo aŭ heliumplena baloneto, sed ial Boris ne kredis tion.

Li enspiris tiom da aero, kiel eblis, en sian bruston kaj ekmuĝis. Tio estis muĝo, sed ne rido, sed ankaŭ ĝi similis la tondron kiu aŭdiĝas sur montopintoj.

(Elukrainigis Petro Palivoda)

Laŭ kondiĉoj de la kontrakto

Marjan havis surprize maldikajn fingrojn, longajn kaj nodformajn. Li iam revis fariĝi pianisto, frekventis muziklernejon, sed tio estis delonge, iam en infanaĝo, kiam la revoj de liaj gepatroj ŝajnis esti liaj propraj. Kiam Marjan finis studadon en universitato kaj fariĝis plenkreskulo, ĉiuj ĉi iluzioj estis poiome forgesitaj, paliĝis, dissolviĝis en amaso da aliaj, pli aktualaj, pli urĝaj aferoj. Ĉio pasis kiel songo – kaj nur ili, longaj maldikaj kaj lertaj fingroj restis al Marjan, kvazaŭ memoro pri tio, ke li iam muzikis kaj eĉ ŝatis kanti. Antaŭ ĉio, Marjan ne ŝatis neatenditajn surprizojn, neprecizemajn homojn kaj longajn vojaĝojn. Kaj antaŭ ĉio – longaj vojaĝoj. Moviĝo en la spaco, kaj precipe inter fremduloj, lacigis kaj deprimis lin. Li ne estis esploristo, ne, prefere, li estas gardanto de tio, kio jam estis konata. Li konas sian urbon kaj pretas ekkoni ĝin eĉ pli profunde; li konas sian itineron kaj volas fari ĝin eĉ pli rapida kaj pli komforta. Marjan ŝatis ripeti: "Kiu estas ĉie, tiu estas nenie". Marjan konas sian laboron, konas sin mem kaj tio sufiĉas por li.

Marjan kaj Ivanka tute ne hazarde renkontiĝis. Ilin konatigis iliaj komunaj amikoj, vidante en ili iujn komunajn trajtojn – kaj vere, da ili estis multaj. Ili ambaŭ estis sveltaj, trankvilaj kaj inteligentaj homoj, havis similajn ŝatokupojn, fobiojn kaj eĉ similajn gepatrojn, kiuj, mirakle, loĝis en najbaraj domoj. Verdire, Marjan estis fakulo pri sociaj sciencoj kaj Ivanka estis matematikistino, sed eĉ tio ne malhelpis al ili dum la unua rendevuo decidi esti por ĉiam kune kaj neniam ŝanĝi tiun decidon. La rilatoj de la gejunuloj disvolviĝis tre rapide kaj en kelkaj monatoj evoluis ĝis la geedziĝo. Sed tion oni ne povis diri pri iliaj karieroj, kiuj senespere paneis en senelira branĉo de evolucio, tio estas, en la statuso de mez-rangaj oficistoj. Marjan kaj Ivanka ne estis tro postulemaj al la vivo, ili amis ĝin tia, kia ĝi estas, kaj samtempe amis sin en tiu vivo. Vespere oni spektis filmojn, matene ili kune kuris al la bushaltejo. Ivanka plantis florojn, Marjan kolektis sian bibliotekon. Ilia ĉambro en la luita loĝejo tute kontentigis ilin. La najbaroj, kiuj luis apudan ĉambron, ankaŭ estis trankvilaj kaj senproblemaj. Foje ambaŭ paroj renkontiĝis en la komuna kuirejo, sed tiam ĉiu strebis kuiri ion kiel eble plej rapide kaj eskapi al sia propra ĉambro.

La vivo daŭre fluis, la sezonoj de la jaro sekvis unu post la alia, kaj tio povus daŭri same sufice longe, ĝis Marjan kaj Ivanka ekvolis havi infanon. Tiu decido estis sobra kaj bone pripensita. Ambaŭ geedzoj trapasis ĉiujn necesajn medicinajn testojn kaj, certiĝinte, ke pri iliaj korpoj ĉio bonordas, decidis koncipi. Sed tiam ili alfrontis la sekvan, ne malpli gravan demandon: kie ili loĝu kun la infano? Al ili plaĉis ilia ĉambro, des pli, ke ĝi situis sufice proksime al la laborejo, sed vivi kun infano en loĝejo, luita por du familioj, estis ne plej bona ideo. Marjan kaj Ivanka longe pensis, sed ne povis trovi solvon de tiu problemo. Ili ne povis loĝi kun siaj gepatroj kaj aĉeti apartan loĝejon – des pli. Sed foje, kiam ili, kiel kutime, veturis kune en mikrobuso al la laborejo, ili ambaŭ samtempe atentis buntan reklamon pri vendo de apartamentoj en novkonstruita moderna konstruaĵo. Ili rigardis tiun domon kaj la reklamon sur ĝi nur por havi ion pri kio revi poste, ĝis ilia rigardo kroĉiĝis al vorto "kredito". Ili interrigardis kaj tuj post la laboro staris apud la pordo de la oficejo de la konstrufirmao sur la unua etaĝo de la sama nova konstruaĵo. La geedzoj, kompreneble, ne havis multe da espero, tamen ili decidis ekscii detale la kondiĉojn de la kredito. Marjan puŝis la pordon kaj ili tuj eksentis miksaĵon de floraj aromoj, de kafo-teo kaj de iu multekosta parfumo. Ili eĉ ne sukcesis bone ĉirkaŭrigardi kaj jen antaŭ ili aperis junulo. Li estis svelta kaj ridetanta. Li pli similis al baldancisto, ol al oficisto.

– Bonan tagon, mi nomiĝas Artur, mi estas agento pri vendado de nemoveblaĵo de la konstruentrepreno "SvobodaBud", per kio mi povas helpi vin? – ekpepis la knabo.

– Ni ŝatus koni la kondiĉojn de la kredito por la loĝejo, – respondis Marjan.

– Jes, kompreneble, ni helpos vin en tiu ĉi afero, bonvolu sekvi min.

Marjan kaj Ivanka obeeme sekvis Artur-on. Apud la tablo, kvazaŭ speciale atendante ilin, staris du foteloj. La junuloj sidiĝis kun rektaj dorsoj, kvazaŭ modelaj lernantoj, pretaj ensorbi ĉiun vorton, diritan de la agento.

– Nu, mi aŭskultas vin, – ekparolis Arturo de sia flanko de la tablo, – pri kiaj apartamentoj vi interesiĝas, en kiu distrikto?

– Nu, ni ŝatus scii la prezojn de kreditoj en diversaj distriktoj, – komencis Ivanka unue, ĉifante sian ĉapelon sub la tablo. – Ni ne certas, ke ni tuj aĉetos ion, ni nur interesiĝas.

– Mi komprenas vin, – Arturo prenis kuraĝigan tonon, – verŝajne en ĉi tiu momento vi ne estas tute certaj pri viaj financaj eblecoj.

– Proksimume tiel, – konsentis Marjan kaj Ivanka nur kapjesis.

– Tio ne gravas, – diris Arturo kun larĝa rideto, kvazaŭ li ĵus ekaŭdis, ke liaj kunparolantoj pretas aĉeti ion plej multekostan. – Kiel oni diras, la ĉefa afero estas ĝuste elekti la celon kaj financaj eblecoj venos pli poste.

Ankaŭ Ivanka iel senintence ridetis.

– Do, ni komencu de tio, pri kia areo vi interesiĝas?

– Nu... ni ne scias. Eble, ni komencu de la minimumo... – Marjan levis la ŝultrojn.

– Ĉu tio devas esti loĝejo por familio?

– Jes.

– Ĉu vi havas grandan familion?

– Nu, dume ni estas duope, sed... – Marjan kaj Ivanka rigardis unu la alian. Marjan volis daŭrigi, sed Arturo ŝajnis kompreni ilin pli bone ol ili mem.

– Dume vi estas duope, sed vi planas pligrandigi la familion, mi komprenas.

Ivanka kaj Marjan nur kapjesis.

– Do, tio devas esti almenaŭ duĉambra loĝejo en ne plej malproksima distrikto, ne apud ŝoseo kaj preferinde kun prizorgita apuddoma korto, ĉu mi bone komprenas vin?

– Jes, – ili konsentis unuvoĉe.

– Bonege, ni havas kelkajn bonajn variantojn, kiuj estas kvazaŭ speciale destinitaj nur por vi.

Arturo rapide tajpis ion sur la klavaro, poste turnis la komputilan ekranon al siaj klientoj. Antaŭ Marjan kaj Ivanka aperis nekredeble belaj fotoj de modernaj altaj konstruaĵoj, planoj de apartamentoj, sunplenaj modeloj de la interno de la ĉambroj, pitoreskaj infan-ludejoj en la internaj kortoj. La domoj anstataŭis unu la alian, fariĝante ĉiam pli kaj pli bonaj, kaj iliaj nomoj fariĝis pli kaj pli belaj: "Oraj tilioj", "Miela valo", "Suna lando", "Arĝentaj montpintoj", "Domo de feliĉo". Marjan kaj Ivanka, tenante reciproke la manojn sub la tablo, rigardis tiujn bildojn. Ili dronis en sinforgeso, kvazaŭ duonsonĝe drivis post la milda kaj memcerta voĉo de Arturo ien malproksimen, al hela estonteco, al sekva urbeto. Ĉi tiu vojaĝo tra paralela realo estis tiel dolĉa kaj ebriiga, ke ili volis forlasi ĝin neniam. Sed ĉio iam finiĝas, kaj ankaŭ finiĝas la parolo de Arturo, kies buŝo jam sekiĝis. Li paŭzis, trinketis iom da akvo el glaso kaj daŭrigis:

– Tio estas ĉiuj la plej taŭgaj por vi variantoj. Minimumaj prezoj startas de dek kvin mil hrivnoj por kvadrata metro. Kaj laŭ la kondiĉoj de la kredito vi devas pagi po sepdek kvin mil hrivnojn ĉiun kvaron-jaron.

La lastaj vortoj definitive vekis Marjan-on kaj Ivanka-n el hipnoto. Tremo trakuris laŭ iliaj korpoj. Ivanka alĝustigis sian bluzon, ial ŝi sentis sin malkomforte, kvazaŭ post io maldeca. Ŝi ekmoviĝis en la fotelo kaj ĵetis rigardon al Marjan.

– Ho... bonege, dankon, – murmuris Marjan. – Dankon pro la informo.

Jam venis tempo reveni hejmen. Marjan forŝovis sian fotelon por leviĝi de la tablo, Ivanka sekvis lian ekzemplon.

– Ni pripensos, dankon ankoraŭfoje, – Marjan prenis desur la planko sian sakon kun dokumentoj, kiun li foj-de-foje portis hejmen por fini la laboron kaj turnis sin al la pordo.

– E-e-e... mi petas pardonon, – Arturo rapide aldonis.

– Jes, – Marjan turnis la kapon al li.

Arturo staris ĉe sia skribotablo, tre serioza kaj koncentrita.

– Pardonu, sed ŝajnas, ke mi forgesis pri ankoraŭ unu varianto por vi.

– Ni vere dankas pro la donitaj informoj, sed estas malverŝajne...

– Tio ne postulos multe da tempo kaj ĉi tiu oferto estas vere speciala.

Marjan dum sekundo hezitis, poste konsentis, pli pro nedeziro aspekti malĝentila ol pro intereso. Aĉeto de tiu apartamento estas io nereala por ilia familio, almenaŭ en ĉi tiu vivo, tio estas klara.

– Sidiĝu, – Arturo gestis al la malplenaj sidlokoj, kaj la gejunuloj denove obeeme sidiĝis, sed jam sen entuziasmo.

Arturo tajpis ion sur la klavaro kaj denove turnis komputilan ekranon reen al la geedzoj. Li, ne leviĝante de sia fotelo, kliniĝis super la tablon kaj per iom mallaŭtigita voĉo, kvazaŭ konspire, diris:

– Urbeto "Blagoslovenne", apud la urba parko de Ŝevĉenko, prizorgita apuddoma teritorio, okdek kvadrataj metroj, du loĝioj, suna flanko. Kaj la plej grava afero, – diris Arturo preskaŭ flustre, kliniĝante eĉ pli super la tablo, – la specialaj kondiĉoj de kredito. Vi pagas jam loĝante en la apartamento kaj nur por tiu areo, sur kiu vi loĝas. Ekzemple, vi povas pagi nur por kvin kvadrataj metroj, – malrapide parolis Arturo, klare emfazante ĉiun vorton, – do vi pripagas viajn kvin metrojn kaj loĝas sur ili, ili estas la viaj, ĉu tio ne estas bonege? – La okuloj de Arturo brilis, kvazaŭ li mem kredis pri tio, kiel mirinda estas tiu propono.

Ivanka kaj Marjan rigardis unu la alian, ili nenion komprenis.

– Pardonu, sed pri kio temas? – Ivanka demandis.

– Nu, mi supozis, ke tio sonos iom strange al vi. Efektive, por nia merkato, tia sistemo estas tre stranga. Sed tia situacio estiĝis nur tial, ĉar ĝi ne estas profitodona por konstru-entreprenoj. Por ili estas multe pli bone, ke vi pagu tuj la tutan monsumon aŭ la plej grandan parton de ĝi. Sed nia firmao ne estas tia, ĝi antaŭ ĉio zorgas pri siaj klientoj. Ankaŭ sinjoro Adam, la posedanto de nia kompanio "SvobodaBud", iam estis malriĉa kaj ne havis loĝejon. Do, kiam li fariĝis bonfarta homo kaj fondis nian kompanion, li promesis al si, ke li helpos homojn, similajn al vi, al tiaj homoj, kia li iam estis. Kompreneble, vi unue povas provi gajni iom da mono por aĉeti almenaŭ unuĉambran apartamenton en ne la plej bona domo, sed por tio vi povas elspezi preskaŭ tutan vian vivon. Kaj sinjoro Adam donas al vi la eblecon enloĝiĝi en vian propran hejmon eĉ morgaŭ, aŭ ne – eĉ hodiaŭ, – Arturo kliniĝis malantaŭen en sia fotelo kaj denove trinketis akvon el la glaso.

Marjan kaj Ivanka silentis. Ili ŝokite rigardis al Artur per large malfermitaj okuloj.

– Ĉu ĉi tio estas ia ŝerco? – Marjan finfine demandis.

– Certe ne, tio estas la realeco de la kompanio "Svoboda-Bud", bela realeco.

Marjan ĉirkaŭrigardis, kvazaŭ provante konvinkiĝi ankoraŭfoje, ke li estas en la oficejo kaj ke tiu ĉi oficejo estas reala, sed ne iu dekoracio en cirko. Sed ĉio indikis al tio, ke ĝi ne estas cirko. Ankaŭ ĉe pluraj aliaj tabloj sidis homoj kaj interparolis kun agentoj. Iuj venis, aliaj foriris, sur apuda tablo ekfunkciis printilo, verŝajne printante iun kontrakton. Ĉirkaŭ ili bolis laboro.

– Vidu, – daŭrigis Arturo, – vi pripagas viajn kvin kvadratajn metrojn, ili jam estas la viaj. Vi starigos tie malgrandan faldeblan liton, vestoŝrankon, malgrandan tablon, kion alian vi bezonas ankoraŭ? Kaj ĝis tiu momento, kiam naskiĝos via infano, vi sukcesos akumuli monon por kelkaj novaj kvadrataj metroj. Kaj tiel, ĝis vi elaĉetos la tutan apartamenton. Ĉio estas pripensita. Kaj la ĉefa afero – ĉar mi ne diris al vi la plej gravan aferon – ĉi tie ne estas devigaj pagoj. Vi ne havos fiksitan sumon, kiun vi devos pagi dum iu periodo.

– Ĉu ne estas devigaj pagoj? – nekredeme demandis Ivanka.

– Jes, – Arturo ridetis la unuan fojon post kiam ektemis pri la kredito, – vi povas pagi nur tiam, kiam vi volas. Dum viaj kvin kvadrataj metroj sufiĉas por vi, vi povas trankvile loĝi sur ili.

Marjan kaj Ivanka silentis, digestante ĉion, kion ili ĵus aŭdis.

– Tio signifas, ke ni loĝos sur tiuj metroj, por kiuj ni jam pagis, kaj la ceteraj... – Marjan eksilentis. Li ne povis formuli sian demandon, des pli li ne povis imagi tian vivon.

– Kaj vi ne povas surpaŝi la ceterajn kvadratajn metrojn, tie ne povas stari viaj mebloj, tien ne povas fali ajnaj objektoj, eĉ hazarde, vi ne povas eĉ kliniĝi super tiuj surfacoj. Vi devas vivi tiel, kvazaŭ ĉi tiu areo apud vi ne ekzistas – jen tiaj estas kondiĉoj de tiu ĉi kredito – trankvile parolis Arturo, kvazaŭ nenio speciala estis en tio, kion li diris, kvazaŭ ĉiuj homoj ĉirkaŭe loĝas nur tiamaniere.

– Sed kiel vi scios, ĉu... – komencis Ivanka.

– Antaŭ ol vi translokiĝos en vian loĝejon, ni instalos tie videoregistran sistemon kaj la pagitan de la nepagita teritorio ni disigas per ruĝaj linioj. Fakte, la linioj ne nepre devas esti ruĝaj, vi mem povas elekti ties koloron. Do, ĉiufoje, kiam okazas io, kio ne estas permesita de la kontrakto, ni scios pri tio. Se hazarde tio okazos, ja ni ĉiuj estas homoj, – bonkore ridetis Arturo, – al via plena sumo simple aldoniĝos malgranda procento. Sed vi ja povas kontroli, ke tio ne okazu.

– Sed kiel ni povas eliri el la loĝejo, se ni ne rajtas paŝi sur la malpermesitan teritorion? – demandis Marjan.

– Tio estas tre simpla: ni mezuras la trairejon de via ĉambro al la enirpordo, ĝi povas esti tiel larĝa kiel vi volas kaj la areon de la trairejo ni aldonas al la tuta areo, kiu estas la via. La samo validas por la banĉambro kaj la kuirejo. Laŭ pripagita spaco vi povas marŝi kaj uzi ĝin, sed la nepripagitan spacon vi ne rajtas surpaŝi kaj ne povas uzi ĝin. Ĉu nun vi komprenas min?

– Ŝajnas, ke jes... kvankam... tio estas iel tre strange, – Marjan kaj Ivanka de tempo al tempo rigardis unu la alian, ne povante kredi tion, kion ili aŭdis. Verdire, ili jam volis foriri hejmen. Ili ricevis tro da informoj por unu tago.

– Jes, tio povas ŝajni stranga, – konsentis Arturo, – sed konsideru: vi jam loĝos en via loĝejo kaj la monon, kiun vi devus elspezi por luita ejo, vi povas uzi por elaĉeti vian propran spacon centimetron post centimetro, metron post metro.

– Bone, ni pripensos vian proponon, – Marjan kun bruo forŝovis sian fotelon, levis de la planko sian sakon kaj decidpaŝe direktis sin al la pordo. Ankaŭ Ivanka rapidis post li.

Ili eliris eksteren, kaj la marta freŝeco kaj malvarmeto trafis iliajn vizaĝojn. Iliaj kapoj bruis kiel masivaj sonoriloj trafitaj de martelo. Ili volis pli rapide reveni hejmen kaj enlitiĝi.

La tempo pasis. Vetero fariĝis ĉiam pli varma. Marjan kaj Ivanka laboris pli kaj pli multe. Ili sukcesis ŝpari iom da mono, sed tio estis kvazaŭ guto en maro kompare kun la sumo, kiun ili bezonis por aĉeti loĝejon. La koncipo de infano estis prokrastata, pli kaj pli. Sed iun matenon Ivanka ne eltenis – anstataŭ kuri al la oficejo, malgraŭ ke ili ambaŭ jam iom malfruiĝis, ŝi, jam surmetinte ŝuojn kaj kun sako en la mano, simple sidiĝis sur la liton kaj ekploris.

– Mi ne plu povas vivi tiamaniere, – ŝi singultis. – Mi ne povas prokrasti mian vivon por estonto. Mi konstante vivas atendante ion, sed mi jam havas tridek du jaroj, – Ivanka ploris laŭte kaj neretenble. Marjan volis aliri kaj brakumi ŝin, volis konsoli ŝin, sed anstataŭe li nur staris ĉe la pordo de la ĉambro kaj rigardis. Li ne povis aliri sian edzinon, pli ĝuste, li komprenis, ke tio ne havas sencon. Li ne povis ŝin konsoli, ĉar li simple ne sciis kiel; li ne povas konsoli eĉ sin mem kaj ne sciis, kion fari.

– Mi volas infanon, – Ivanka ne ĉesis plori. – Pasos ankoraŭ iom da tempo – kaj jam estos tro malfrue por mi naski. – Faru ion! – subite kriis ŝi. – Faru! Vi devas fari ion! Kiel, kiel ni vivu plu? Kiel mi pluvivu?

Marjan staris en plena stuporo, ankaŭ li volis krii, sed li ne povis, ja li estas viro. Jes, sed se li estas viro, do kion li povas fari?

– Ni prenos tiun loĝejon, – diris Marjan seke kaj elprenis sian telefonon el la poŝo. Necesis averti, ke li malfruiĝos.

Evidentiĝis, ke la domo estis vere bonega kaj situis en tre bela distrikto de la urbo. Tuj apud ĝi estis parko, kiu estis ideala loko por familio kun infano. Ivanka kaj Marjan jam imagis, kiel ili promenos tie kun infana ĉareto. Arturo estis, kiel ĉiam, atentema kaj afabla. Li havis respondon por ĉiu demando, do kiam ĉiuj demandoj finiĝis, la geezoj permesis al si trankviliĝi kaj iomete malstreĉiĝi. Ili centfoje ekzamenis sian novan loĝejon laŭlonge kaj laŭlarĝe, centfoje ŝanĝis sian decidon pri tio, kie kaj kiel ili loĝu, kaj poste, fin-fine ili konsentis, ke la plej bona varianto estas dume loĝi en la kuirejo, ja tutegale ili devas ie kuiri. Des pli, ke pripagi pecon de la ĉambro, pecon de la kuirejo kaj pecon de la banĉambro estas neebla lukso por ili. Do la kuirejo portempe estos ankaŭ ilia dormoĉambro. Krom tio ĝi estis la plej proksima al la banĉambro kaj la koridoro, do ili ne devos malŝpari sian spacon por tiuj malvastaj trairejoj inter la ĉambroj. En la kuirejon Marjan kaj Ivanka metis fornon, apud ĝi – lavabon kaj fridujon, unu mallarĝan kredencon por kuirejaj iloj, super ĝi – ŝranketon por vestoj, apud la forno – malgrandan tablon, unu seĝon kaj malgrandan faldeblan liton apud la muro. Alia ŝranko por libroj kaj dokumentoj estis fiksita al la muro super la faldebla tablo. Du kvadrataj metroj de la kuirejo apud la muro plej proksima al la balkono restis ne pripagitaj, same kiel la balkono mem. Ankaŭ restis ne pripagita unu metro maldekstre de la lavujo.

Pordon inter la kuirejo kaj la koridoro ili decidis ne meti, por ne okupi kromajn kvadratajn centimetrojn kaj ankaŭ maldikan strion da spaco en duono de kvadrata metro laŭlonge de la muro inter rando de la faldebla lito en disfaldita stato kaj la porda aperturo. Marjan kaj Ivanka longe interkonsiliĝis, multfoje provante siajn eblajn moviĝojn en la kuirejo kaj venis al la konkludo, ke ili povas eviti surpaŝon sur la areo tuj apud la muro, do ili decidis ŝpari monon ankaŭ en ĉi tiu areo. Estis planite, ke la paro elaĉetos tiujn areojn unuavice. La trairejo de la kuirejo al la banĉambro kaj al la ĉefpordo estis dudek centimetrojn larĝa, do moviĝo laŭ ĉi tiu trajektorio promesis esti malfacila, sed ne malebla. Efektive, forestas io neebla, kiam oni vere volas ion, tion ŝatis ripeti Arturo, kiu ĉeestis ĉiujn mezuradojn kaj markadojn de spaco en la loĝejo. Marjan eĉ rimarkis la profesiecon de la duhoma teamo, kiu, sub la atentema gvidado de Artur, faris ĉion sufiĉe rapide kaj lerte. Ili instalis videoregistran sistemon, dank' al kiu ĉiu centimetro de la loĝejo estis en la vidkampo de la videokameraoj. Ili ankaŭ muntis la meblojn, pendigis lampojn en la kuirejo, banĉambro kaj koridoro kaj eĉ enbatis najlon en la muron por pendigi la nuptan foton de la posedantoj de la loĝejo. Arturo permesis elekti la koloron de la strioj, kiuj borderas la pagitajn kaj nepagitajn areojn, sed la paro konsentis, ke estus pli bone, se ĝi estus ruĝa, ĉar ĝi estas la plej rimarkinda kaj tio estas tre grava. Du malplenajn, ne pripagitajn ĉambrojn ili decidis simple ŝlosi por eviti problemojn. Do kiam ĉiuj preparoj estis finitaj, Arturo solene levis ion, kio aspektis kiel teleregilo kaj premis iun grandan butonon, kiu aktivigis la videoregistran sistemon. Poste li solene anoncis al siaj klientoj, ke ili nun estas la posedantoj de ĉi tiu loĝejo kaj laŭte aplaŭdis. Marjan kaj Ivanka iom devigite ridetis. Ili vere ĝojis, sed iom nervoziĝis.

Arturo foriris. Marjan kaj Ivanka eksentis sin pli liberaj kaj sidiĝis sur sian faldeblan liton. Ili estis lacaj, do ili decidis spekti iun filmon kaj enlitiĝi frue kaj jam matene ekĝui sian novan loĝejon. Same tiel ili faris. Matene, kun la unuaj sunradioj, Ivanka malfermis la okulojn. Ŝi ĉirkaŭrigardis la novan loĝejon. Ŝi turnis sin al Marjan por brakumi lin, kaj la lito subtile knaris, kvankam ĝi estis tute nova. Ivanka ridetis, ial tiu ĉi sono donis al ŝi senton de hejmo kaj komforto. Ili estas hejme, jen ilia propra hejmo, pensis Ivanka, kaŝante rideton en la kovrilo. Ŝia rigardo glitis laŭ la preskaŭ nudaj muroj de la kuirejo, ĝis ŝi rimarkis video-kameraon. Subite malagrabla frosteto kuris sur ŝia haŭto kaj ŝia rideto velkis. Ivanka rapide forturnis la rigardon, sentante ian malkomforton, kiu aperas tiam, kiam oni longe rigardas fremdulon.

"Kaj kion signifas ĉi tiuj kameraoj? – ŝi pensis. Ĉu tie sidas iu, kaŝ-observante nin la tutan tempon?" Pro tiu ĉi penso ŝi sentis ian abomenon kaj nevole grimacis. Pro ĉiuj siaj zorgoj ili forgesis demandi pri la detaloj de ĉi tiu sistemo. Kaj okazis ĉio ĉi iel fulmrapide: ilia decido, la tuta procezo de preparado de dokumentoj kaj transloĝiĝo daŭris nur kelkajn tagojn. Ivanka ellitiĝis, klopodis forigi ĉion ĉi el sia kapo kaj agordi sin al la pozitivo. Ŝi venis al la forno – necesis prepari matenmanĝon. Sed ĉiufoje, kiam ŝi turniĝis aŭ al la fridujo, aŭ al la tablo, aŭ al la kredenco, ŝia rigardo ial falis sur tiun nigran abomenan okulon de la kamerao. Tio incitis kaj ĝenis ŝin. Do, kiam Marjan vekiĝis, Ivanka jam estis en malbona humoro. Ŝi metis matenmanĝon sur la tablon kaj rigardis tra la balkona fenestro, penante kaŝi sian incitecon.

– Dankon, mia karulino, – Marjan jam prenis la forkon, kiam li ricevis mesaĝon al mesaĝilo Telegram. Marjan forŝovis la teleron kaj prenis sian telefonon. Legante, li pli kaj pli sulkigis la brovojn ĝis li diris:

– Mi ne komprenas, kia fiaĵo estas tio?

Li transdonis la telefonon al Ivanka, kaj ŝi komencis laŭtlegi la mesaĝon:

"Estimata sinjoro Virstiuk M.A., lige kun la malobservo de la kondiĉoj de la kontrakto (gutoj da akvo, falintaj sur la nepagitan areon je 02.27 a.m.), al via plena sumo aldoniĝas 0,5% de ĉi tiu sumo".

Ivanka kaj Marjan rigardis unu la alian kaj silentis.

"La kompanio SvobodaBud", legis la mesaĝon ĝis la fino Ivanka. – Kio ĝi estas? Pri kiuj gutoj da akvo temas? – ŝi demandis konsternite.

– Mi ne scias, – respondis Marjan kaj movis la teleron kun manĝaĵo al la rando de la tablo.

– Kion signifas ĉi tiu mesaĝo? Ĉu Artur ĝenerale diris ion, ke la kompanio povas sendi al ni mesaĝojn?

– Ne... tutcerte ne, – Marjan rulumis en sia menso siajn konversaciojn kun Arturo.

– Do, eble ĉi tio estas ia eraro? – Ivanka demandis kun espero en la voĉo.

– Atendu... ŝajnas, ke tio ne estas eraro, – Marjan, senmoviĝinta, rigardis ien tra Ivanka. – Nokte, eble estis la dua kaj dudek sep, mi vekiĝis kaj iris al la lavabo por trinki. Mi plenigis glason per akvo, trinkis kaj denove revenis al la lito.

– Vi volas diri, ke dum vi...

– Jes, dum mi plenigis la glason, kelkaj gutoj povus fali sur tiun ne pripagitan areon maldekstre de la lavabo.

Ambaŭ tuj timeme ĵetis rigardon al la video-kameraon en la angulo sub la plafono.

– Mi telefonos al Arturo, – Marjan kaptis la telefonon.

– Nu, kion signifas ĉi tiu via esprimo "kio estas tiu mesaĝo"? Kaj kiel, laŭ via opinio, nia kompanio informos vin pri rompo? – miris Arturo. – Ĉu vi pensis, ke mi havos tempon veni al vi ĉiufoje, kiam vi rompis iun kondiĉon? Ni ja vivas en la moderna mondo. Mesaĝilo Telegram estas rapida kaj oportuna, do vi ĉiam povas esti informita, vi mem povas kalkuli la procenton, se eventoj disvolviĝos ne tiel, kiel estis planate kaj neniu povas trompi vin. Memoru, ke kompanio "SvobodaBud" neniam trompas iun ajn, ĝi faras ĉion por kontentigi siaj klientoj.

– Sed neniu ja paŝis sur tiun areon, nenio falis tien, tio estis nur kelkaj gutoj da akvo.

– Sed akvogutoj ne estas nenio, tio estas akvogutoj. Ĉu vi ankoraŭ havas demandojn?

– Ne, e-e-e... pli precize, jes, – Marjan eksilentis por momento. Ivanka tiam montris per fingro en la direkto de la kamerao, – ni ankoraŭ volis demandi pri la videoregistra sistemo. Tie, e-e-e... ĉu tie, oni konstante kaŝ-observas nin?

– Ho ne, Dio gardu, – rapide ekparolis Arturo, – kiel vi povis pensi tion? La kameraoj estas tie nur por solvo de problemaj situacioj. Ekzemple, vi surpaŝis ne pripagitan areon, sed vi asertas, ke vi tion ne faris. Tiam ni uzas la video-registraĵon, kiu, estas vere, estas farata tut-tempe, por vidi kiel tio vere okazis.

– Ĉu la registrado tamen estas farata?

– Jes, por kio ja ni instalus tiun tutan ekipaĵon? – En voĉo de Arturo estis aŭdebla rido. – Sed vi ne zorgu tiel, neniu tie kaŝ-observas vin. Mia konsilo al vi: simple forgesu pri tiuj kameraoj. Vivu tiel, kvazaŭ ili entute ne estas tie.

– Bone, ni komprenas, dankon.

– Ho, ne dankinde. Tio estas nur mia laboro. Vi havas mian telefonnumeron, do telefonu, se vi havas demandojn.

Marjan demetis la telefonon kaj silente ŝovis al si teleron kun matenmanĝo.

La vivo daŭris, kaj ĝi daŭris ĝuste en ĉi tiu loĝejo, kun ĉiuj ĝiaj leĝoj kaj reguloj. Ni komencu de tio, ke Marjan kaj Ivanka subtaksis ĉiujn malfacilaĵojn, kiuj atendis ilin. Ili provis eĉ ne proksimiĝi al la ne pripagitaj areoj, sed tio ne ĉiam eblis. Se io falis, ruliĝis aŭ verŝiĝis ien, ĝi devis, kvazaŭ malbonintence, fali ĝuste sur tiuj areoj. La banĉambro estis aparte danĝera tiurilate. Ankaŭ tie estis ne pripagita areo kaj malseka viŝtuko aŭ malbenita akvoguto de ies ĵus lavita kaj ankoraŭ ne viŝita korpo ŝatis fali sur ĝin. La trairejo de la kuirejo al la enir-pordo fariĝis vera ekzameno pri sobreco kaj eltenemo, kiun la paro devis trapasi plurfoje dum tago. Ivanka kaj Marjan neniam antaŭe trouzis alkoholon, sed nun ili des pli rifuzis eltrinki eĉ glason da vino, gastante ĉe amikoj, timante ne trafi sian dudek-centimetran pasejon. Ili timis eĉ laciĝi en la oficejo, por ne stumbli aŭ ne ellasi ion el manoj en tiu areo.

La paro ŝparis ĉiun kopekon kaj post longaj diskutoj decidis je la unua ebla okazo aĉeti plian centimetron da larĝo por la trairejo al la pordo. Dumtempe Marjan ricevis pli kaj pli da mesaĝoj de "SvobodaBud" en la mesaĝilo Telegram. Foje Marjan faligis saketon da rubo en la koridoro, aŭ el la manoj de Ivanka forglitis malseka terpomo kaj ruliĝis sur la nepagitan areon, aŭ lavpulvoro disŝutiĝis kaj trafis en malĝustan lokon. Oni povus freneziĝi pro tia vivo. Ivanka ofte sentis sin soleca kaj pri invito de gastoj eĉ ne temis. Neniu el iliaj amikoj sciis pri tiu situacio kaj ili ne intencis rakonti pri ĝi al iu ajn. La geedzoj ne povis klarigi al si mem, kiel ili povus konsenti pri tiaj kondiĉoj, des malpli klarigi tion al iu alia. Do, multajn amikojn ili perdis, ĉar tiuj opiniis, ke la geedzoj evitas ilin. Sed ili ne plu havis vojon reen. Ili jam elspezis sian tutan monon kaj nun ili povas nur aĉeti iom post iom la reston de la loĝejo. Sed evidentiĝis, ke fari tion ne estas facile. Kiam ili kolektis iom da mono por larĝigi la pasejon, Ivanka eksciis, ke ŝi estas graveda. Marjan eksaltis pro ĝojo, sed post momento li haltis kaj ĉirkaŭrigardis, ĉu hazarde li ne saltis ien, kien li ne devus. Ankaŭ Ivanka estis tre feliĉa, ĉar ili ambaŭ vere deziris tion. Do, kiam pasis la unuaj eksplodoj de emocioj, la geedzoj sidiĝis sur sian faldeblan liton kaj priparolis la plej gravajn aferojn.

– Kie ni metu la infanan liteton? – Ivanka demandis. La ĝojo kvietiĝis, anstataŭe venis ekscitiĝo.

– Ni devas aĉeti ĉi tiun areon apud la muro inter la faldebla lito kaj la pordo, sed la trairejon ni dume lasu tia, kia ĝi estas.

Post kelkaj monatoj ili kolektis ankoraŭ iom da mono kaj aĉetis la areon, pri kiu ili interkonsentis aŭ pli ĝuste, nur parton da tiu areo. La malgranda kvadrato en la angulo apud la pordo restas dume ne pripagita. Mankis mono, sed necesis ja prepariĝi por la naskiĝo de bebo, por restado en akuŝejo, por liteto, por ĉareto, por vestaĵoj – unuvorte, la elspezoj devos esti seriozaj.

– Ho, kiel ni solvos ĉiujn problemojn? – lamentis Ivanka, tenante sian ventron. – Pri ni estas kompreneble, sed kiel la infano loĝos ĉi tie? Kiel fari, ke infano, kiu nenion komprenas, ne venu al malpermesita areo? Bone estus, se ni havus balkonon, ĉar kiam la bebo naskiĝos, necesos lavi kaj sekigi vestaĵojn preskaŭ ĉiutage. Ni certe ne havos sufiĉe da spaco por tio.

– Iamaniere ĉio estos solvita, – trankviligis ŝin Marjan, penante trankviligi sin mem.

La tempo pasis, la ventro de Ivanka kreskis, kaj kun ĝi ankaŭ kreskis ŝiaj neatentemo kaj mallerteco. Pli kaj pli ofte el ŝiaj manoj falis kaj ruliĝis al malpermesitaj areoj diversaj objektoj. Kaj la maldikan trairejon al la pordo ŝi simple ĉesis rimarki pro sia granda ventro. La telefono de Marjan zumis pli kaj pli ofte, sciigante pri mesaĝoj de la firmao. Pro tio li povas blasfemi eĉ en ĉeesto Ivanka, kio antaŭe neniam okazis. Ankaŭ Ivanka ofte estis ĉagrenita. Pleje ŝi malamis la videokameraon en la kuirejo sub la plafono. Ŝi plurfoje telefonis al Artur, pri kio Marjan nenion sciis, kaj demandis, ĉu vere neniu kaŝobservas ilin.

Artur denove certigis, ke ne, sed Ivanka estis certa, ke tio estas mensogo, ŝi sciis, ŝi sentis tion. Manĝis Ivanka ĉiam dorse al la kamerao, legis ŝi dorse al la kamerao kaj eĉ preparis manĝaĵon dorse al la kamerao. Kiam venis tempo por amori kun Marjan, Ivanka kovris ilin ambaŭ per kovrilo super iliaj kapoj.

Kaj jen tiu tago venis. Ivanka, sentante fortan doloron en malsupra parto de la ventro, eksidis en la lito kaj informis pri tio Marjan-on. Li ekhastis, kolektis ĉion bezonatan, prenis anticipe preparitan sakon kaj kondukis Ivanka-n antaŭen al la elirejo, tenante ŝin je la talio. Ivanka tre penis iri kiel necesas, sed ĉe la pordo la telefono eksonoris. Ili ambaŭ sciis, kion tio signifas, sed ili jam ne atentis. Revenis la geedzoj hejmen jam kun malgranda pakaĵo. Tio estis knabeto kaj ili nomis lin Stasik. Grandan feston pro bapto ili ne faris. Ili nur tagmanĝis kun siaj plej proksimaj parencoj en pli-malpli deca kafejo kaj disiris. La parencoj de Stasik asertis, ke li similas al la patro. La knabeto kreskis sana kaj vigla. Marjan kaj Ivanka tre amis sian filon. Kiam Stasik komencis memstare paŝadi, venis netolerebla malfacila periodo. Ĉiujn ne pripagitajn areojn la gepatroj baris per altaj kartonaj folioj, sed tio, komprenebla, ne ĉiam helpis haltigi la infanon. Por sekigi vestaĵojn, du ŝnuroj estis etenditaj super la forno, ligitaj al du altaj lignaj bastonoj, kiuj estis metitaj proksime al la forno. La vestaĵoj estis pendigitaj kaj la gaso estis enŝaltita – do tiamaniere eblis rapide sekigi unu parton de vestoj kaj pendigi la alian. Stasik ne havis multajn ludilojn, ĉar simple mankis loko por ili. Ekde la komenco li pleje ŝatis aŭskulti, kiam iu legas al li.

Do Ivanka kuŝis kun li sur la faldlito dum horoj, legante al li fabelojn. Stasik estis tre inteligenta infano. Li rapide lernis legi kaj rapide adoptis la regulojn de sia hejmo. Li sciis precize, kien estas permesi paŝi, kaj kien – ne. Li povis lavi la telerojn tiamaniere, ke eĉ ne unu guto falu sur la plankon, kaj li sciis kuri de la kuirejo al la enirpordo en kelkaj sekundoj, neniam rompante la limojn de la dudek-centimetra pasejo. Plurfoje okazis, ke kiam Stasik promenis laŭ la strato, li ne kuris ĉirkaŭ siaj gepatroj kaj ne saltis, kiel tion faras aliaj infanoj, sed moviĝis glate, kvazaŭ paŝante laŭ unu linio, kio ofte mirigis la preterpasantojn.

Pasis jam multaj jaroj, sed Marjan kaj Ivanka sukcesis aĉeti nek la balkonon, nek eĉ la ne pripagitan spacon en la banĉambro, sen paroli pri la du ĉambroj, kiuj daŭre estis ŝlositaj, kvazaŭ ili tute ne ekzistus. Al Stasik tiuj ĉambroj foje ŝajnis magiaj kaj timigis lin. Li ŝatis fantazii pri tio, kio vere okazas tie. Dume, Marjan komencis havi strangajn sonĝojn. En ili li ludis pianon. Kutime li povis vidi nur la instrumenton kaj siajn fingrojn, sed en la sonĝoj li estis certa, ke li aspektas bonege. Homoj aplaŭdis al li kaj foje li eĉ aplaŭdis al si mem, ĉar la muziko, kiun li ludis, estis vere belega. El tiaj sonĝoj Marjan ĉiam vekiĝis subite. Li nur malfermis la okulojn, kaj jen ĉio – blanka plafono antaŭ li, la kamerao en la angulo. Foje en iu kafejo, kie li renkontiĝis kun iu por laboro, Marjan ekvidis pianon kaj kuraĝis provi tion, kion li ne faris ŝajne cent jaroj. Li petis permeson, poste malfermis la kovrilon kaj tuŝis la klavojn per tremantaj fingroj. Poste li ĉirkaŭrigardis honteme. Sed neniu atentis lin, do li sidiĝis sur seĝon kaj ekludis. Li pensis, ke li ne povos, ke li ne rememoros, sed li tamen sukcesis. Li eligis sonojn, ion simila al muziko. Neniu aplaŭdis, kiel en liaj sonĝoj, sed Marjan ne atentis – plej gravis, ke tio plaĉis al li mem. Marjan revenis hejmen kiel alia homo, li sentis sin energia kaj juna, eĉ Ivanka rimarkis tion. Tiun nokton li kaj Ivanka amoris tiel, kiel ili ne faris jam delonge, pasie kaj soife, kvankam Ivanka neniam konsentis pri la peto ne kovri sian kapon.

Stasik kreskis. Li ĉiam pli kaj pli ŝatis legi. Kaj li volis havi sian propran almenaŭ malgrandan bibliotekon. Sed la gepatroj permesis al li nur librojn el la urba biblioteko, ĉar ili simple ne havis lokon, kien meti ilin. Marjan kaj Ivanka ŝparas iom da mono por aĉeti plian spacon, sed la unua de septembro alproksimiĝis, Stasik devis iri al la unua klaso de lernejo, do ili decidis prokrasti la aĉeton. Pasis kelkaj monatoj kaj la paro denove komencis priparoli la eblecon vastigi sian areon, planis signife plilarĝigi la trairejon al la pordo. Ivanka eĉ komencis revi pri tio, ke baldaŭ la tuta koridoro estos je ilia dispono. Sed matene, farinte medicinan teston, ŝi komprenis, ke ŝi denove estas graveda. Komence ŝi eĉ havis la ideon diri nenion al Marjan, eble ili unue aĉetu la trairejon kaj nur poste solvu aliajn problemojn, sed ŝi ne povis fari tion. Ivanka tute ne kapablis fari ion malindan, do ŝi simple iris en la kuirejon, donis al Marjan la testilon kaj ekploris.

Ĉi-foje ili decidis ne inviti eĉ parencojn al la bapto-festo. Estis klare, ke la infano similas al Ivanka. Tio estis knabineto kaj ŝia nomo estis Marinka. Ŝi estis maltrankvila, ploris dum tutaj noktoj. Nek Ivanka, nek Stasik povis dormi. Bone dormis nur Marjan, kiu sonĝis pri siaj propraj koncertoj. Foje nervoza kaj elĉerpita Ivanka, aŭdante plilaŭtiĝantan infanan krion, povis dolorige puŝi lin en la flankon per sia kubuto. Tiam Marjan subite vekiĝis kaj ellitiĝis kun aspekto de kondamnito. Li lulis la infanon en siaj brakoj, zumante la motivojn, kiujn li ĵus aŭdis en sia sonĝo, kaj eĉ pli: kiujn li en tiu sonĝo mem ludis.

Marinka kreskis kaj estis bela kaj sana infano. Sed ŝi ne estis tiom obeema, kiel Stasik. Ŝi ŝategis kuri, salti, grimpi sur tablojn kaj seĝojn kaj ĉefe ludi kaŝludon. Unuvorte, ŝi estis normala infano. Admonojn de siaj gepatrojn paŝadi sur mallarĝa linio ŝi ne aŭskultis kaj kaŝi sin ŝi preferis tie, kie estis malpermesite. Ŝi ŝatis petoli per akvo, ŝprucante ĝin sur sian fraton kaj laŭte ridante. Kaj la telefono de Marjan pro tio zumis kaj zumis. Foje li malŝaltis la sonon de la telefono por ne nervoziĝi, sed kaj li, kaj Ivanka sciis, ke tiu silento estas nur provizora iluzio, ĉar baldaŭ Marjan tutegale devos preni la telefonon, trarigardi ĉiujn mesaĝojn kaj kalkuli la sumon, kiu akumuliĝis por la tago. Ĉio ĉi neinverseble kaj senkompate malproksimigis la familion Virstuk de la ebleco iam elaĉeti sian propran loĝejon.

Ĝenerale en ilia familio regis etoso de konkordo. Ĉiuj tri: Marjan, Ivanka kaj Stasik – ŝatis sidi trankvile kaj revi kune. Sed ĉiu revis pri io propra: Marjan – pri piano hejme, Stasik – pri propra ĉambro kaj biblioteko kaj Ivanka – pri trankvilo.

Ne ŝatis sidi kaj revi nur Marinka. Foje matene ŝi vekiĝis pli frue ol ĉiuj aliaj, ellitiĝis kaj komencis kuradi ĉie en la loĝejo. Kiam Ivanka vekiĝis pro iu bruo, kies naturon ŝi ankoraŭ ne komprenis kaj malfermis unu okulon, la unua, kion ŝi vidis, estis Marinka, kiu kuris de unu angulo de la koridoro al la alia. Ivanka ekstaris kaj freneze kriis: "Marjan, Marjan, vekiĝu!". Marjan kaj Stasik vekiĝis de tiu krio. Ambaŭ infanoj ektimis kaj ankaŭ Marjan ektimis. "Kio okazis?" – ripete demandis li, skuante Ivanka-n je la ŝultroj. Sed ŝi nur ploris, montrante per la fingro al la koridoro. Kiam Marjan kuris tien, li ekvidis sian filinon sidi en la angulo, brakumante siajn genuojn kaj malle-vinte la kapon. Marjan staris sur sia mallarĝa pado kaj ne sciis kion fari. Fine li faris du grandajn paŝojn por minimumigi kon-takton kun la planko, prenis la timigitan infanon en siaj brakoj kaj portis ŝin reen al la kuirejo. Tiutage Ivanka estis iritita kaj Marjan trinkigis ŝin per trankviligaj teoj. La infanoj sidis silente sur la faldebla tablo. La sekvan tagon Marjan telefonis al Artur.

Arturo venis du horojn poste kaj komencis sian viziton kun pardonpeto:

– Pardonu, estas tiaj trafikŝtopiĝoj! Homoj kaŭzas proble-mojn, ili strikas, ili krias, ili bruligas iun fatrason.

– Tio estas la pneŭoj, – rimarkis Marjan.

– Povas esti pneŭoj. Por mi estas tutegale. Sed krei kaoson en la urbo estas tre malbona afero. Kiel laborantaj homoj povas plenumi siajn devojn, se senlaboruloj konstante malhelpas al ili?

– Ili verŝajne havas kaŭzon por striki...

– Mi ne plu povas elteni tion, mi ne povas, – ekploris Ivanka, interrompante ilian interparolon. Ni telefonis al vi por..., – ŝiaj lipoj tremis kaj ŝi eksilentis.

– T-s-s-s, trankviliĝu, – Marjan karesis ŝian manon. Ni tele-fonis al vi, – li daŭrigis ŝian penson, por priparoli la situacion kun la loĝejo, kiun ni havas. La fakto estas, ke ni nek fizike, nek morale kapablas plenumi la kondiĉojn de via kontrakto.

– De nia kontrakto, – korektis lin Arturo.

– De nia kontrakto, – malvarm-tone ripetis post li Marjan. – Pasis multaj jaroj, sed ni povis elaĉeti nur parton de la ne pripagita areo en la kuirejo kaj parton de la balkono por havi lokon por sekigi vestaĵojn. Ni havas du infanojn, kiuj ne povas sekvi viajn regulojn kiel plenkreskuloj. Pro la procentoj, kiuj kreskas pro ĉiutagaj rompoj de la kondiĉoj, ni neniam povos elaĉeti la tutan areon. Simple neniam. Neniam, – Marjan sentis sian koleron kreski, sed penis bridi sin.

– Mi komprenas vin, – Arturo kompate levis la brovojn.

– Kion vi komprenas, kion?

– Mi komprenas vian situacion.

– Se vi komprenas ĝin, kion vi povas proponi, por ke ni povu solvi ĝin?

– Ĉu mi? – demandis Arturo surprizite, kvazaŭ ĉio ĉi tute ne koncernis lin. – Mi estas nur dungito kaj mi ne povas proponi ion alian ol tio, kio estas skribita en la kontrakto. Ĉio, kion vi povas fari nun por plibonigi vian situacion, estas ĉesi malobei la regulojn kaj provi perlabori pli multe da mono por...

Sed Marjan ne lasis lin daŭrigi. Li leviĝis de la tablo kaj faris paŝon antaŭen. Ankaŭ Arturo ekstaris. Same ankaŭ li faris paŝon, sed nur malantaŭen.

– Mi ja ĵus klarigis al vi plej detale, ke ni ne plu kapablas plenumi la kondiĉojn de via kontrakto pro tiu simpla kialo, ke ili estas nerealaj! Ĉu vi komprenas? Nerealaj! – kriis Marjan.

– Niaj kondiĉoj estas tute realaj, se vi scipovas bone administri vian vivon. Sinjoro Adam kreis sian firmaon por helpi al tiuj homojn, kiel...

– Donu al mi vian Adamon. Ni iru, mi renkontos lin. Senprokraste! Mi volas rigardi en la okulojn de tiu pediko.

– Pardonu, sed s-ro Adam ne renkontiĝas kun siaj klientoj, li havas agentojn por tio.

– Ha, agentoj? – siblis Marjan, kunpremis la pugnojn kaj iris al Artur. – Kaj se mi mortigos mian agenton kaj enterigos lian kadavron antaŭ la domo, ĉu tiam sinjoro fekulo Adamo povos renkonti min persone?

En tiu momento Ivanka ŝtopis la orelojn de Marina per siaj fingroj. Stasik mem ŝtopis siajn orelojn. Ivanka tremis tutkorpe, preta ĉiumomente alkuri Marjan-on por fortiri lin de Arturo kaj savi lin de murdo. Marjan kaptis per siaj longaj, maldikaj fingroj la kolumon de la jako de Arturo.

– Mi vokas la policon, – mallonge diris Arturo.

Tiu frazo iom trankviligis la ardon de Marjan. Li ellasis kolumon de la jako. Malrapide retiriĝinte kaj peze spirante li montris permane al la pordo. Arturo ne longe pensis, turnis sin kaj foriris. Marjan sidiĝis ĉe la tablo kaj prenis sian telefonon. Tie estis pli ol tridek mesaĝoj de "SvobodaBud". Li ekstaris kaj malrapide ekiris al la balkono. La unuan fojon en ĉi tiu loĝejo, li ne rigardis sub la piedoj, ne atentis la ruĝajn liniojn sur la planko. Li nur venis al la fenestro kaj malfermis ĝin. De tie en la loĝejon venis krioj de homoj, sono de io rompiĝanta, ie hurlis la sireno de fajrobrigado aŭ ambulanco. Marjan svingis la manon kaj ĵetis la telefonon kiel eble plej malproksimen. Ivanka senvorte, kvazaŭ ensorĉita, observis Marjan-on. Ankaŭ la infanoj observis lin.

La sekvan matenon Marjan kolektis la tutan monon, kiu devus sufiĉi por elaĉeti duonon de la koridoro, sen lasi eĉ unu kopekon kaj foriris. Li revenis antaŭ la tagmanĝo. Larĝe malferminte la pordon li montris vojon al du viroj, kiuj portis la pianon en la loĝejon. Ivanka kaj ŝiaj infanoj observis ĉion ĉi el la kuirejo. Ivanka silentis, ŝi ne plu havis forton por krii aŭ plori, ŝi nur alpremis Marinka-n, kiu tre volis forkuri por priobservi ĉion pli proksime en la koridoro. Marjan eniris la kuirejon, silente flankenigis Ivanka-n, kiu staris apud la lito. Metinte la piedojn sur la faldliton li komencis serĉi ion en la ŝranketo super ĝi. Poste li descendis reen sur la plankon, tenante la ŝlosilojn en la mano.

– Ĉi tien, knaboj, – komandis Marjan, malŝlosante unu el la ĉambroj.

Kiam la viroj foriris, Marjan malfermis la fenestron, ĉar la ĉambro, en kiu ili neniam estis dum multaj jaroj, odoris tre malagrable. Sur la dika polvotavolo, kiu kovris la plankon, restis klaraj spuroj de la ŝuoj de Marjan. La viro sidiĝis sur seĝon kaj per memcerta movo malfermis la kovrilon de la piano – sed tiam, jam tenante la manojn super la klavoj, li senmoviĝis. Liaj sveltaj, longaj kaj nodozaj, bambusimilaj fingroj tremis. Fine Marjan ekludis. La muziko ekfluis, eĥante de la malplenaj muroj. Marinka disiĝis de sia patrino, kiu nun staris kun la infanoj ĉe la pordo de la ĉambro kaj kuris por danci. La knabineto turniĝadis laŭ la ĉambro, piedbatante nubojn da polvo de la planko kaj ridis, ridis laŭte, kiel ŝi amis. Stasik ĉirkaŭrigardis la ĉambron, imagante kie staros lia lito kaj kien lokigi ŝrankon kun librobretoj. Ivanka ektremis, ĉar ŝia telefono en la poŝo ekvibris. Tio signifis, ke mesaĝoj de la kompanio "SvobodaBud" jam venis al ŝia telefon-numero. La muziko de Marjana estis vere miranda. Ne gravas kion iu opiniis pri li, sed Marjan havis perfektan aŭdkapablon.

"Absoluta, absoluta aŭdkapablo", – ŝatis ripeti lia muzikinstruisto. Nun ankaŭ Marjan ripetis tion enpense. Fininte sian koncerton el verŝajne kvin komponaĵoj, Marjan leviĝis de la piano kaj respektoplene riverencis. Marinka laŭte aplaŭdis, ĝis doloris ŝiaj manoj. Stasik faris la samon. Ivanka ne moviĝis. Marjan kunvolvis supren siajn manikojn ĉar necesis komenci laboron – barikadi la enirpordon. Li malkonektis la fridujon kaj trenis ĝin en la koridoron. Ivanka, kiu ĝis tiam nur observis lin, komprenis ĉion. Ŝi kuris al la banĉambro, eltiris kaŭĉukan ringon el la tirkesto, kolektis siajn harojn en streĉan nodon kaj ligis ĝin. Poste ŝi kuris al la fridujo kaj komencis helpi puŝi ĝin. Poste ili transiris al la faldebla lito, vestoŝranko kaj seĝoj... Kaj Marinka elpensis novan distraĵon – ŝi deŝiradis ruĝajn striojn de la planko. Tra la malfermita fenestro en la ĉambro aŭdiĝis la sonoj de la striko, kiu grandiĝis kaj disvastiĝis tra la urbo.

– Gloron al la herooj, gloron! – kriis la homamaso ekstere.

Ivanka malfermis la fenestron pli larĝe, ja ili bezonis freŝan aeron.

(Elukrainigis Oleksandr Hriŝĉenko)

Alloga oferto

Ĝis antaŭnelonge pri doloro Rosana sciis ne multe kaj eĉ se sciis ion, do, tio estis scio nur pri korpa doloro. Falo desur biciklo, tranĉvundetoj de fingroj dum tranĉado de nutraĵoj, kapdoloro post malfacila tago, periodaj doloroj en suba parto de la ventro. Jes, de tiu malagrabla sento, kiel doloro, neniu povas kaŝi sin. Sed ĉio ĉi estis nur bagatelaĵo compare kun tiu animdoloro, kiun nun Rosana spertis unuafoje. Kontraŭ tiu doloro ne ekzistas kuraciloj. Foje Rosana profunde enspiris aeron, por trankviliĝi, sed tio ne helpis, eĉ male: ŝajnis, ke kun ĉiu spirmovo ŝi sentis sin pli malbone. Viro, kiun Rosana tiel amis, forlasis ŝin. Jen tiel ordinare foje li venis, pakis siajn aĵojn en negrandan sakon kaj, nenion klariginte, malaperis por ĉiam. Post iom da tempo li telefonis kaj diris, ke volas divorci, ĉar ne plu amas Rosana-n kaj nenion povas fari kontraŭ tio, ke al ili ne indas renkontiĝi, ĉar simple mankas temo por konversacio. La aŭskultilo falis el la manoj de Rosana surplanken, kaj post ĝi samtien falis ankaŭ ŝia koro kaj kun tinto dissplitiĝis. Rosana ploris longe kaj korŝire, ŝi preferus tranĉi la fingrojn eĉ ĉiutage, suferi kapdolorojn, kaj pretis je io ajn, nur por sufoki tiun teruran neelteneblan doloron. Malgraŭ ke ŝia koro estas frakasita, ĝi devis tamen daŭre labori, sed nun ĉiu ĝia bato alportis suferon. Rosana volis, ke iu klarigu al ŝi, kiun sencon havis ŝia granda amo al tiu viro, kiun sencon havis tiuj jaroj de ilia komuna vivo, sed neniu, kompreneble, povis doni tiajn klarigojn, do al Rosana restis nenio alia ol daŭre demandi sin mem. Tiuj ĉi demandoj lacigis kaj turmentis ŝin, do, foje ŝi, sentante sin plene frakasita pro senfinaj internaj monologoj, falis en pezajn kaj viskozecajn sonĝojn, kiuj plenigis ŝian subkonscion kiel nigra peĉo, varmega kaj venena. Tiaj sonĝoj donis nek ripozon, nek forgeson – nur iun paralelan realecon, surrealismajn delirojn kaj embarasan postguston jam post vekiĝo. Rosana volis veki en si senton de propra digno kaj por ĉiam forigi el la telefono la numeron de sia edzo, sed digno ŝajnis forlasi Rosana-n por ĉiam, do ŝiaj fingroj foj-de-

foje strebis al la verda butono kaj butonumis konatan nume-
ron. La edzo ne respondis kaj poste tute malaperis el la reto – li
nenie aperis, kvazaŭ neniam ekzistis. Pasis tagoj, semajnoj kaj
eĉ monatoj, sed la doloro ne lasis ŝin, ne malfortiĝis. Rosana
plurfoje aŭdis, ke tempo kuracas kaj ke ĉion en la vivo necesas
travivi, kaj ke ĉio, kio ne mortigas, plifortigas nin – sed nun ĉiuj
ĉi vortoj estis por ŝi nur sensignifa rezonado. Nun Rosana volis
krii kaj frakasi ĉion ĉirkaŭ si, ĉar tio, kio okazis al ŝi, estis mal-
justa, terure maljusta. Rosana vagadis laŭ malplenaj stratoj de
la urbo, dum malfruaj vesperoj promenis laŭ riverkajo, vizit-
adis koncertojn, kiujn neniu volis viziti, iris en la plej malprok-
simajn partojn de parkoj – kaj dum la tuta tempo tenis enmane
la foton de sia edzo en la poŝo. Ŝia vivo estis neeltenebla, ĉiu-
tageco – griza, sonĝoj – pezaj, pensoj – elĉerpigaj, kaj la estont-
eco – malplena.

Rosana jam de kelkaj horoj vagadis tra la aŭtuna parko,
desupre ŝutiĝis malagrabla pluveto, tufoj de la haroj gluiĝis
al ŝia jako, ŝiaj manoj rigidiĝis pro malvarmo, sed ŝi atentis
nenion. Iun momenton ŝi eksentis, ke ŝi estas nekredeble laca,
ŝiaj genuoj fleksiĝis, kaj Rosana preskaŭ falis sur la benkon. Ŝi
sidis kaj rigardis ien antaŭen inter la arboj. Estas bone, ke la
vetero nun estas tiel malbona, ĝi forpelos ĉiujn tiujn gapantojn,
kiuj iradas ĉi tie preter ŝin senokupe. Ĉiuj ĉi homoj jam delonge
komencis iriti Rosana-n. Kaj jen, kiam proksime jam neniu
estis, ŝi permesis al si tion, kion ŝi ne povis permesi ĝis nun. Ŝi
ekploris. Larmoj ruliĝis laŭ ŝiaj vangoj malsekaj pro la pluvo,
ŝia brusto skuiĝis. Brunaj folioj falis desur la arboj.

– Bonan tagon, – iu subite alparolis Rosana-n.

La virino levis la kapon kaj ekvidis nekonatajn viron kaj
virinon sub komuna ombrelo, kiuj afable ridetis al ŝi. Rosana
rapide viŝis la larmojn per ambaŭ manoj kaj rigardis ilin per
okuloj ruĝaj pro ploro kaj kadritaj per ŝvelintaj palpebroj.

– Bonan tagon, – ŝi fine respondis.

– Mia nomo estas Valentin, kaj ŝi estas Patricia, – diris la
viro. – Ĉu ni povas sidiĝi apud vi?

– Povas, – respondis la virino konfuzite kaj moviĝis al la rando de la benko.

– Ĉu mi rajtas demandi, kia estas via nomo? – demandis la virino ĉifoje per milda voĉo.

– Rosana. Kial vi scivolas pri mia nomo?

Ŝia animagordo nun tute ne estis konvena por konatiĝo kun iu ajn. Ŝi preferis ekstari kaj foriri, lasinte ĉi tiun duopon sur la benko, sur kiu ili tiom volis sidi. Cetere, nur nun Rosana rimarkis, ke ĉiuj plej proksimaj benkoj estas malplenaj. Ŝi demande rigardis al la homoj, kiuj sidis apude.

– Rosana, – la virino daŭrigis, – ni rimarkis, ke vi tristas, ĉu tio estas vero?

– Kio? – la virino ne komprenis. – Pri kio temas?

– Ĉu vi tristas nun, Rosana? – la virino denove demandis, ĉi-foje pli malrapide, klare prononcante ĉiun vorton.

– Nu, jes, sed... sed ĉu tio gravas?

– Temas pri tio, kara Rosana, ke tio gravas multe pli, ol vi povus imagi, kaj ne nur por vi.

– Kia stultaĵo! – Rosana komencis iritiĝi. – Kaj kial vi ĝenerale decidis, ke mi tristas?

– Vi sidas sola en la malvarma kaj pluva vetero en la parko kaj ploras, – diris Patricia trankvile. – Nun vi nervoziĝas, simplaj demandoj ĝenas vin, kaj tio signifas, ke via nerva sistemo ne estas en ordo. La sperto diras al mi, ke vi estas sur la rando de nerva kolapso. Surbaze de tiuj datumoj, mi konkludas, ke ne ĉio bonordas en via vivo.

Rosana nenion respondis, ŝi nur rigardis per okuloj rondaj pro surpriziĝo jen al Patricia, jen al Valentin.

– Ĉu vi do konsentas kun tio, kion ĵus diris mia kolegino, Rosana? – demandis la viro.

– Kaj se jes, kio do sekvas de tio?

– Nur tio, ke ni povas helpi vin, Rosana.

– Kiamaniere? – nekredeme snufis la virino, opiniante, ke tiun ĉi stultan interparolon necesas fini. – Ĉu vi intencas vendi al mi librojn pri iu mojosa novstila filozofio, kiu resanigas animon kaj korpon?

– Ne, Rosana, – diris la viro, – ĉio estas multe pli realisma. Filozofio estas nur memtrompo, iluzio, ĝi estas pseŭdoscienco. Ni estas, – li rigardis Patricia-n, – veraj sciencistoj, kaj se ni proponas ion, do tio estas konkreta kaj efika rimedo por solvi la problemon. Ni prezentas datumojn kaj realajn faktojn, kaj ne palavras senargumente. Do, se ni proponas al vi solvi vian problemon, tiam via problemo reale povas esti solvita.

– Mi havas neniun problemon, – grumblis Rosana kaj jam volis foriri, sed Patricia subite diris:

– Rosana, ĉu nun vi ne sentas tioman doloron, ke vi preferus morti nur por tio, ke vi ne plu sentos ĉi tiun teruron?

Rosana kvazaŭ ŝtoniĝis. Ŝi jam leviĝis de la benko kaj nun staris dorse al tiuj strangaj fremduloj sub la ombrelo.

– Ĉu vi ne volas ĉesigi vian suferon por ĉiam? – la virino daŭrigis. – Ni konis multajn homojn, similajn al vi. Ni sentas ilian doloron, scipovas rekoni ĝin sur iliaj vizaĝoj kaj volas helpi.

Rosana malrapide malleviĝis reen sur la benkon. Ŝi eĉ ne rigardis siajn kunparolantojn, ŝi nur rigardis antaŭ si, ŝia gorĝo estis kunpremita de spasmo, ŝi estis tuj ekploronta, sed la virino stoike retenis larmojn. Subite ŝi volis rakonti pri ĉio, dividi ĉi tiun sian doloron. Ĝis nun neniu el ŝiaj amikinoj, al kiuj ŝi rakontis pri siaj travivaĵoj, povis plene kompreni ŝin. Sed ial nun ŝajnis, ke ĝuste ĉi tiuj du fremduloj povos. Rosana ekploris.

– Jes, vere mi havas grandan doloron, – ŝi elspiris. – Mi estas perfidita, forlasita, piedpremita.

– Ni komprenas vin, – Patricia diris kviete kaj tuŝis ŝultron de Rosana. – Ni scias, kiom malfacila estas via stato, sed vere ekzistas eliro el ĉi tiu situacio.

– Kia eliro? – ĵetis al ŝi rigardon Rosana.

– Temas pri tio, – komencis Valentin, – ke animdoloro, kaŭzita de tiel fortaj sentoj kiel ekzemple nereciproka amo, perdo de proksimulo, bedaŭro pri io, kolero aŭ malamo, estas tre potenca kaj nekredeble energiriĉa. La sciencistoj de nia kompanio faris revolucian inventon. Inventon, kiu baldaŭ ŝanĝos la tutan mondon kaj solvos la plejmulton de niaj plej komplikaj problemoj. Ili nun povas forigi el la homa energia kampo ĉi tiun potencan energion, kies apero estis kaŭzita de ĉiuj menciitaj faktoroj. Vi simple devas doni konsenton, kaj ni kun helpo de speciala aparato, eliminas tian malutilan por vi energion, kaj post ĝia perdo, malaperos ankaŭ la koncerna emocio. En pli simplaj vortoj, ni forigas vian doloron. Sed tio ne estas ĉio. La energion, kiun ni eliminas el via organismo, ni poste uzas por diversaj bonaj celoj. Ni jam havas plurajn aktualajn projektojn, unu el kiuj estas la lumigado de domoj en montaraj regionoj, kie ne eblas fari normalan kurentoprovizadon. Enkadre de bonfara projekto, ni provizas tiujn hejmojn per porteblaj lanternoj, kiuj funkcias per nia energio. Nun ni ankaŭ evoluigas projekton pri moderna, ekologi-pura aŭto, kiu, kiel vi eble jam divenis, ankaŭ funkcios per nia energio. Ni estas juna, sed tre ambicia firmao. Do, vi ne nur perdos emocion, kiu ne permesas al vi plenvalore vivi, sed ankaŭ povas aliĝi al bona afero.

Valentin finis sian rakonton. Sed Rosana daŭre rigardis al li. Por "digesti" ĉion ĉi estis bezonata tempo.

– Oho, – nur povis diri ŝi, kiam la viro ĉesis paroli.

– Eble vi havas iujn demandojn pri tiu ĉi temo? – demandis Patricia, afable ridetante.

– Ĉu vere ekzistas tia afero? – demandis Rosana. – Aŭ tio estas nur ŝerco?

– Neniaj ŝercoj, – respondis Patricia. – Jen estas mia vizitkarteto, – ŝi etendis kartonan rektangulon. – Ĉi tie, krom miaj datumoj, estas indikita ankaŭ la adreso de nia kompanio. Ni laboras nur laŭleĝe. Vi povas veni iam ajn kaj mem kontroli ĉion, paroli kun niaj fakuloj. Ni kun niaj klientoj subskribas kontrakton pri vendo-aĉeto kaj ankaŭ donas dumvivan garantion.

– Ĉu dumvi-i-i-van? – diris Rosana, ekzamenante de ĉiuj flankoj la vizitkarteton.

– Ĝuste, dumvivan, – konfirmis Valentin.

– Nu, mi ne scias... Neniam antaŭe mi aŭdis pri tiaj servoj.

– Kaj tio estas ĉar, – daŭrigis la viro, – ni ankoraŭ ne eniris la ĝeneralan merkaton. Ni ankoraŭ ne pretas por tioma amplekso de laboro. Ĉu vi povas imagi, Rosana, kiom da homoj deziros uzi niajn servojn?

– Verŝajne multe, – Rosana fine deturnis la okulojn de la vizitkarteto kaj rigardis al Valentin.

– Ĝuste tiel, – konfirmis la viro. – Ankaŭ nia estraro komprenas tion, tial ĝi ne rapidas reklami nin. Unue ni devas ĉion prepari, dungi pli multe da laborantoj, pligrandigi la kvanton de aparataro, pligrandigi la ejon. Tre multe da laboro. Nun ni estas survoje al ekspansio, sed samtempe ni tamen ne ĉesas labori.

– Mi komprenas, – kapjesis la virino.

– Kiam do ni povas atendi vin en nia oficejo? – milde demandis Patricia. – Ĉu mi povas skribi vian telefonnumeron?

– Ĉu mian numeron? – redemandis Rosana kaj kvazaŭ vekiĝis el hipnoto. – Mi mem telefonos al vi se neceses, dankon, – ŝi diris, leviĝis de la benko kaj rapide ekmarŝis al la elirejo de la parko.

Jam hejme, iom trankviliĝinte kaj varmiĝinte, Rosana komencis rememori sian hodiaŭan aventuron kun la du nekonatoj kaj ilian strangan proponon. Ŝi denove rigardis la vizitkarteton de Patricia, sed ju pli multe la tago proksimiĝis al vespero, des pli multaj duboj aperis, ĉu ĉio ĉi estis reala kaj ĉu ĝenerale ŝi bezonas ĉion ĉi? Rosana ĵetis la vizitkarteton en unu el la tirkestoj de la tablo kaj firme decidis pri tiu ĉi stultaĵo ne plu pensi. Sed la vivo, kiel estas konate, estas neantaŭvidebla – kaj baldaŭ, aŭ pli ĝuste, jam la postan tagon, Rosana ekbezonis la vizitkarteton. Jen kio okazis. Tagmeze ŝi decidis promeni apud la rivero. Ŝi ekrajdis biciklon kaj post duonhoro jam estis sur la riverkajo. Ŝi parkis la biciklon kaj ekmarŝis laŭlonge de la rivero. Subite ŝi ekvidis en la malproksimo konatan figuron. La koro de Rosana tuj haltis kaj falis ien ĝis la kalkanoj. En ŝiaj okuloj malheliĝis. Bonŝance ŝi sukcesis kapti per mano la proksiman benkon, aliel ŝi povus fali. Sendube, estis li, ŝia edzo. Li marŝis man-en-mane kun iu knabino, gaje ridis, foj-de-foje rigardante ŝin – ĝuste laŭ tiu ĉi ridetanta profilo ŝi rekonis lin. Rosana sidiĝis sur la benkon kaj en stato de plena stuporo pasigis Dio scias kiom da tempo. Almenaŭ – kiam ŝi rekonsciiĝis de la ŝoko, jam krepuskiĝis.

Rosana ne tuj povis malfermi la pordon de sia domo. Ŝiaj manoj tremis, do la ŝlosilo eniris la serurtruon nur post kelkaj provoj. Jam en sia ĉambro ŝi ekploris kiel infano. Ŝi ploris laŭte kaj volis plori eĉ pli laŭte. Ŝi ĵetis kontraŭ la muro kadritan foton kaj volis rompi kaj frakasi ĉion, kio estis antaŭ ŝiaj okuloj. La animo de Rosana doloris, kaj tiu doloro estis neeltenebla. La virino rapidis al la tirkesto kaj komencis elĵeti ĝian enhavon sur plankon ĝis ŝi trovis la bezonatan vizitkarteton. Jam estis mallume, sed Rosana simple ne atentis tion – por ŝi ne gravis, ŝi volis uzi la servojn de ĉi tiu malbenita kompanio senprokraste, ŝi estis preta por ĉio, se nur tio plifaciligus ŝian staton. Post du signaloj en la aŭskultilo, virina voĉo respondis al Rosana.

– Bonan tagon, – ŝi diris per tremanta voĉo. – Ĉu estas Patricia?

– Jes, mi aŭskultas vin.

– Mi nomiĝas Rosana, ni konatiĝis hieraŭ en la parko.

– Jes, Rosana, mi memoras.

– Mi pripensis kaj decidis... Kurte dirante, mi ŝatus uzi viajn servojn.

– Bonege, Rosana, ni ĝojos kunlabori kun vi. Kiam vi planas viziti nian oficejon?

Rosana rigardis tra la fenestro, kaj nur nun ŝi komprenis, ke jam estas nokto.

– Hodiaŭ verŝajne jam estas tro malfrue?

– Jes, hodiaŭ estas tro malfrue.

– Ĉu morgaŭ matene mi povas?

– Jes, kompreneble, Rosana, ni atendos vin.

– Bone, mi venos.

La tutan nokton Rosana turniĝadis en la lito, centfoje vekiĝis kaj denove ekdormis, nervoze rigardis la horloĝon, sed la tempo, kvazaŭ malbonintence, fluis tiel malrapide, kiel neniam antaŭe. Kiam la virino falis en dormon, tuj antaŭ ŝi aperis la ridetanta profilo de la edzo. Ĝojigis nur tio, ke baldaŭ ĉio devos finiĝi.

La oficejo de la kompanio "EnergoProgres" situis ekster la urbo en unu el la forlasitaj komercaj ejoj. La ejo estis grandega, verŝajne iam ĉi tie situis ia uzino. Atingi tiun lokon por Rosana ne estis facile. Komence ŝi subtaksis la malfacilaĵojn, eniris mikrobuson, kiu veturigis ŝin al la fina haltejo, kaj poste ŝi devis marŝi ne malpli ol du kilometrojn ĝis la indikita adreso. Estis bone, ke Rosana havis interret-aliron, do ŝi havis la eblecon konstante konsulti la mapon. Tamen, antaŭ la alta rustiĝinta ferpordo, Rosana ekdubis, ĉu vere tio estas la ejo de la kompanio, kiun ŝi bezonis. La virino tiris la pordotenilon, sed la pordo estis ŝlosita. Tre verŝajne, ke ŝi eraris, sed ĉu la mapoj en ŝia poŝtelefono povas esti malĝustaj? Ŝi butonumis la telefonnumeron de Patricia, kaj ŝi tuj respondis.

– Bonan tagon, Patricia, – salutis ŝin Rosana. – Mi alvenis al la indikita adreso, sed ĉi tie ne estas ajna firmao. Eble mi eraris? Aŭ la adreso estas indikita malĝuste?

– Ne, ĉio estas ĝusta, Rosana, mi petas pardonon, ke mi ne renkontis vin dece. Bonvolu atendi kelkajn sekundojn.

Rosana konsentis – kaj efektive, antaŭ ol ŝi havis tempon bone ĉirkaŭrigardi, la seruro klakis de interne kaj la peza, knaranta pordo malrapide malfermiĝis. De malantaŭ ĝi, Patricia amike ridetis en la sama perfekta afereca kostumo kaj per gesto invitis Rosana-n enen. La virino eniris, Patricia per la tuta pezo de sia korpo pene fermis la pordon, kiu denove fermiĝis kun minaca knaro. La virino antaŭeniris en alta, malhela kaj malvarma koridoro. Rosana sekvis ŝin, strebante ne postresti. Iliaj paŝoj, kaj precipe la klakado de la pikkalkanumoj de Patricia, ŝajnis eĥi tra la tuta giganta ejo de la uzino. La koridoro estis longa, Rosana eĉ iom ektimis dum la irado. Fine, per memfida movo, Patricia malfermis alian, nun pli malgrandan pordon, kaj Rosana eniris grandegan, perfekte lumigitan ĉambron, kie svarmis diversaj homoj; iuj estis en blankaj kiteloj, la aliaj – en la samaj malhelaj aferecaj kostumoj kiel Patricia. Multe da tabloj, amasoj da paperoj, strangaj aparatoj de diversaj grandeco kaj konstruo, elektraj sparkoj, kiuj formis eĉ malgrandajn fulmojn en tiuj aparatoj, ekbriloj de lumo... La buŝo de Rosana malfermiĝis pro la miro. Patricia certe rimarkis tion, do ŝi iom atendis, donante al la virino ŝancon pririgardi bone ĉion, kaj poste ekparolis:

– Rosana, nun ni iru al nia fakulo, kiu ĉion detale klarigos kaj kiu faros kun vi kontrakton pri vendo-aĉeto.

Rosana finfine ĉesis sian kontempladon kaj, kapjesinte, sekvis Patricia-n.

La fakulo, en senriproĉa vestokompleto kaj kun la haroj kombitaj malantaŭen, inspire rakontis pri la specifeco kaj avantaĝoj de ilia servo, pri kio temas en la kontrakto, pri la rajtoj kaj devoj de ambaŭ flankoj. Rosana provis aŭskulti lin, sed ŝia atento estis konstante distrita, ŝiaj pensoj forkuris jen al la malfacila pasinteco, jen al la teorie hela kaj feliĉa estonteco. Verdire, la virino ne multe zorgis pri la kontrakto – ŝi volis nenion de tiuj homoj krom ke ili ĉesigu ŝiajn suferojn. Ŝi preferis fini ĉion kiel eble plej rapide kaj reveni hejmen. Fine la fakulo ĉesis paroli kaj metis sur la tablon antaŭ ŝi kelkajn paperfoliojn – kontrakton pri vendo-aĉeto. Rosana rapide trakuris ĝin per la okuloj kaj demandis, kie ĝin necesas subskribi. La fakulo montris la ĝustan lokon sur la lasta paĝo, kaj ŝi metis sian subskribon per memcerta movo.

La cetero okazis kvazaŭ en nebulo. Pro la longa monologo de la fakulo Rosana ekhavis kapdoloron. Ŝi de tempo al tempo provis froti la tempiojn per la fingroj, petis glason da akvo, sed la doloro ne cedis. Oni metis sur la kapon de Rosana ion similan al kasko kun diverskoloraj dratoj, petis ŝin reteni la spiradon por kelkaj sekundoj, poste ŝi sentis malfortan elektran ŝokon, kiu trakuris la tutan korpon de la virino – kaj jen, la procedo de transdono de negativa energio al la kompanio "EnergoProgres" okazis. Oni demetis la kaskon kaj demandis Rosana-n, ĉu ŝi fartas bone, al kio ŝi respondis jese, kaj dankis pro la kunlaboro. La laboranto en la blanka mantelo, kiu faris la energieliminan proceduron, avertis, ke se la virino sentos sin iom laca, tio ne estas pro perdo de energio, ĉar emocia kaj fizika energio estas malsamaj aferoj kaj ili ekzistas aparte en la korpo. Lacecon oni sentas nur pro manko de fizika energio – kaj ĝi, kiel konate, renoviĝas iom-post-iom. Rosana dankis kaj ekiris al la elirejo. Patricia denove akompanis ŝin, kaj la klakado de la kalkanumoj, kiel antaŭe, eĥis laŭte kaj klare. Nur ĉi-foje la virinon ne plu timigis la longa, malhela kaj malvarma koridoro.

Rosana revenis hejmen, ĵetis en angulon la sakon kun la kopio de la kontrakto, falis en la liton kaj ekdormis. Ŝi dormis profunde kaj dolĉe, ŝi sonĝis nenion, absolute nenion – do kiam ŝi vekiĝis matene, ŝi sentis sin plena de forto. Ŝi ĵetis rigardon al la horloĝo kaj kun surpriziĝo konstatis, ke jam delonge ne estis mateno. Bone, ke hodiaŭ estas libera tago. Ŝi vizitis duŝ-ejon, trinkis kafon, spektis iun filmon. Poste ŝi fermis la oku-lojn kaj koncentriĝis sur si mem, strebante kompreni, kion ŝi nun sentas, sed ŝi ne trovis ion specialan. "Eble ili nur priŝercis min?" – tia penso traflugis en ŝia kapo. Tiam Rosana iris en la koridoron kaj prenis el jaka poŝo foton de sia edzo, kiun ŝi ĉiam kunhavis. Ŝi rigardis ĝin kaj... sentis nenion. Ŝi staris tiel dum minuto – eble en la koridoro mankas lumo? Ŝi iris en la ĉambron, sidiĝis apud la fenestro kaj denove rigardis la foton. Sendube, la konkludo estis sola: la bildo de ĉi tiu persono ne plu elvokas emociojn en ŝi. Ĉu ĝi vere funkcias? Leĝera tremo trakuris ŝian korpon. Rosana kuris al la tirkesto, kie kuŝis aĵoj de la edzo, kiujn li ne prenis, kaj ŝi ne havis la forton por forĵeti ilin. Ŝi tuj sentis tiom konatan odoron de parfumo. Tie estis akurate falditaj ĉemizoj, notlibro, razilo – ĉiuj aĵoj, al kiujn ĝis hieraŭ ŝi ne povis rigardi sen larmoj. Ĉio estas en sia loko, sam-tia, kiel hieraŭ – nur la rigardo de Rosana ne plu estis la sama. Ŝi rigardis al ĉiuj ĉi aĵoj dum kelkaj minutoj, poste forlasis la ĉambron kaj revenis kun granda kartono. Ŝi ĵetis la enhavon de la tirkesto en la kartonon, ligis ĝiajn tenilojn per forta nodo kaj lasis ĝin sur la planko ĉe la pordo. Kiam ŝi iros eksteren – ŝi ĵetos ĝin en la rubujon.

Nun Rosana komencis tute alian vivon. Ŝia animdoloro malaperis kaj ne plu revenis. Ŝi bone dormis, havis bonan apetiton, kaj eĉ komencis sporti. Ŝi fariĝis pli celkonscia en la laboro, siajn taskojn plenumis rapide kaj efike, ĉar ŝi ne plu estis distrita de personaj problemoj, do ŝi rapide ricevis promocion. Foje Rosana eĉ miris, kia facila kaj agrabla povas esti la vivo. Estas domaĝe, ke iam ŝi ne komprenis tion kaj elspezis tiom da tempo por stultaj travivaĵoj. Kaj kiel bone, ke foje en la parko ŝi trovis tiun duopon...

La unua neĝo falis, Rosana vidis ĝin tra la fenestro. Ŝi ĉiam amis tiun momenton, kiam aperas neĝo. La virino ridetis. Ĝuste tiam iu sonorigis ĉe la pordo. Ŝi miris, ĉar ankoraŭ estis tro frue por vizitoj. Ŝi iris al la pordo kaj, sen rigardi en la luketon, malfermis ĝin. Ĉe la pordo staris ŝia edzo. Li tenis en la manoj grandan bukedon da floroj kaj rigardis li ial nun ĝuste ilin. Rosana rigardis sian edzon, kaj li – la florojn, ne kuraĝante levi rigardon supren al ŝi. Kiam li finfine rigardis ŝin, liaj okuloj estis plenaj de larmoj kaj silenta petego.

– Pardonu min, – li diris mallaŭte. – Mi faris eraron, mi faris grandan eraron kiam mi forlasis vin. Neniam kaj neniun en mia vivo mi amis tiel, kiel vin, neniam amis kaj neniam amos. Vi estas la plej bona, kio okazis en mia vivo.

Rosana silentis. Ŝi ne sciis kion fari. Ŝi volis, ke li finu laŭeble pli rapide, sed la edzo daŭrigis:

– Pardonu min. Mi amas vin kaj mi scias, ke vi amas min. Mi scias, ke mi suferigis vin, sed tio neniam plu ripetiĝos.

Poste li eksilentis. Rosana komprenis, ke ŝi devas ion respondi. Ŝi ne volis ofendi tiun viron, kiu jam estis por ŝi delonge fremda, sed ŝi ankaŭ ne povis helpi lin. Tial ŝi rekte respondis:

– Pardonu, sed mi ne povas helpi vin. Mi ne plu koleras je vi, se tio gravas por vi, sed esti kun vi mi ne povas, ĉar mi simple ne amas vin.

– Kion? – paliĝis la viro. – Kial vi ne plu amas min? Ja pasis ne multe da tempo. Ĉu vi jam havas iun?

– Unue, mi ne volus pridiskuti kun vi tiajn aferojn, kaj due, mi malfruas al la laborejo, do mi ne povas plu daŭrigi la interparolon.

La viro provis diri ankoraŭ ion, li anhelis pro emociiĝo, la floroj falis el liaj manoj, sed Rosana simple fermis la pordon antaŭ lia nazo, kaj tuta tiu foirteatro, feliĉe, finiĝis. Ŝi sidiĝis ĉe la kuireja tablo kaj enpensiĝis. Kiel senesenca, ridinda kaj malbela estas ĉi tiu viro, pro kiaj liaj kvalitoj ŝi tiom amis lin? La viro ankoraŭ longe staris antaŭ la fermita pordo, sed fine li ne eltenis kaj foriris. La floroj restis kuŝantaj apud la pordo de Rosana. Do ŝi malfermis ĝin, prenis ilin kaj metis en vazon en la kuirejo – ili estis tro belaj por forĵeti en la rubujon. Post tiu okazo, la viro venis ankoraŭ kelkfoje, diris ion pri siaj sentoj, sed Rosana ne tro atentis liajn vortojn, ŝi nur klarigis, ke ŝi ne amas lin kaj neniam plu povos esti kun li. Kaj ĉiufoje, kvazaŭ la unuan fojon, ŝi miris, kial li ne komprenas ŝin, kial li ne lasas ŝin. La sola pozitiva momento el tiuj ĝenaj vizitoj estis la floroj, kiujn la viro alportis ĉiufoje. Rosana ĉiam kun malpacienco atendis la momenton, kiam li finfine foriris, por porti ilin en loĝejon. Amo pasis, sed tion ŝi ne povis diri pri la amo al floroj. Fine la viro ĉesis veni, kaj Rosana suspiris kontente.

Pasis iom pli ol unu jaro, kiam Rosana renkontis Demid-on. Li estis inteligenta, gaja kaj tre afabla ulo. Komence Demid kaj Rosana nur amikis, multe babilis, promenis tra la urbo, vizitis kinejon. Rosana tre ŝatis Demid-on, ŝi neniam havis tian bonan amikon. Ŝi klare vidis la pozitivajn kaj negativajn trajtojn de Demid, kaj da pozitivaj li certe havis multe pli. Foje Demid kisis Rosana-n, kaj tio estis agrabla. Poste li diris, ke li volas amindumi ŝin kaj denove ŝi ne rezistis. Baldaŭ Rosana kaj Demid jam loĝis kune. Ŝajnis, ke ŝi eĉ ĝojis, sed samtempe evidentiĝis, ke ĉi tiu ŝanĝo ne estis facila por la virino. Rosana estis ĝenita pro la kutimoj de Demid ne pendigi sian malsekan viŝtukon sur la radiatoron aŭ instali en poŝtelefonon por vokoj iujn stultajn melodiojn, kaj lia ronkado kaŭzis al ŝi nervozan skuon de la palpebro. Foje Rosana sentis sin malkomforte pro tro malvasta spaco en la sama lito kun li, kaj lia deziro uzi la banĉambron dum ŝi estis en la duŝejo simple indignigis ŝin. Foje Demid invitis Rosana-n al restoracio kaj tie, preskaŭ plorante, proponis al ŝi edziniĝi al li. Tuta tiu sceno de propono ŝajnis al Rosana amuza kaj eĉ vulgara, sed ŝi, kompreneble, konsentis. Jes, ŝi vere volis edziniĝi al Demid, havi infanojn de li, ĉar ŝi ankoraŭ ne renkontis pli bonan kandidaton por la rolo de edzo kaj patro ol li. Tial, ĉiuj ĉi ŝiaj hejmaj suferoj kun Demid daŭris ankoraŭ iom da tempo, ĝis iun tagon, dum li estis en laborejo, la virino finfine konfesis al si tion, kion ĝis nun ŝi kaŝis de si. Ŝi ne amas Demid-on – kaj tio estas fakto. Ŝi ne sciis kion fari kun tio, do ŝi simple pakis siajn aĵojn kaj foriris. Ŝi telefonis al Demid kaj petis lin ne serĉi renkontiĝojn kun ŝi, ĉar ŝi ne amas lin. Demid, ŝokita de tio, kion li aŭdis, poste plurfoje telefonis al Rosana. La virino ignoris kelkajn telefonvokojn, kaj poste simple malŝaltis la telefonon. Ŝajnis al ŝi, ke io simila jam okazis al ŝi, sed profundiĝi en ĉio ĉi ŝi ne volis, do ŝi simple decidis ne plu pensi pri Demid – kaj ŝi sukcesis en tio.

Kun paso de tempo la bildo de Demid paliĝis, kaj poste simple foriĝis el la memoro. Foj-de-foje pri li memorigis nur kelkaj fotoj, kiujn la virino konservis, sed en tiaj momentoj ilia unio elvokis ĉe Rosana senton de troa ŝarĝo. Kial ĝuste tion – ŝi jam ne memoris. Post Demid en la vivo de Rosana estis ankaŭ aliaj viroj, sed ankaŭ ili estis nememorindaj. Rilatoj kun ili daŭris ne longe, kaj iliaj bildoj kviete kaj humile sekvis en neekziston. Anstataŭe, la sento de soleco plifortiĝis. Foje Rosana, finante solece sian vespermanĝon, komprenis, ke la plej bona en ŝia vivo estis la periodo, kiam ŝi kaj ŝia eksedzo estis kune; kaj eĉ tiu terura tempo, kiam ŝi suferis sen li, ŝajnis nun nekredeble pura kaj intima. Rosana ekploris. Lastan fojon ŝi ploris nur tiam, kiam tiu viro forlasis ŝin. Sed nun ŝi ploris ne pro doloro, ne, ŝi ploris pro elĉerpiĝo, kaj tio estis elĉerpiĝo pro trankvilo. Tiu trankvilo transformis ŝian vivon, faris ĝin rapida kaj nerimarkebla, kvazaŭ iu rapide bobenis la filmon de ŝia vivo antaŭen. Kial tio okazis? Plej verŝajne, tio estas ligita al tiu stranga kompanio, kies servojn ŝi iam uzis. Eble ili iel nocis ŝian sanon? Eble iel influis la nervan aŭ imunan sistemon? Ŝi veturos tien kaj deklaros al ili pri sia malkontento pri ilia servo. Ne, eĉ pli: ŝi postulos, ke ŝi havu ĉion kiel antaŭe. Ŝi volas denove enamiĝi al iu, eĉ se poste ŝi devos suferi. Forigu ili tiujn kromefikojn, kiujn ŝi nun spertas.

Rosana atingis la konatan konstruaĵon ekster la urbo. Estas strange: pasis tiom da jaroj, sed tie ĉi ŝanĝiĝis nenio: la sama masiva rustiĝinta pordo kaj neniaj signoj de homoj. Rosana miris, ke ŝi sukcesis trovi hejme la vizitkarteton de Patricia, telefonis al ŝi, sed la numero evidentiĝis nevalida.

– Nu, – trankviligis sin virino, – Patricia ja povus ŝanĝi la numeron. Do estas pli bone veturi rekte al oficejo de la kompanio. Kaj jen ŝi staris apud la pordo de la konstruaĵo kaj laŭte frapis. Neniu respondis. La virino prenis de la tero ŝtonon kaj komencis frapi per ĝi. La sono estis tre laŭta, sed eĉ tio ne helpis. Rosana komencis nervoziĝi. Ajnmaniere ŝi devas eniri tien. Kial, kial ili ignoras ŝin? Ili ne rajtas, ŝi ja estas ilia klientino, ili devas akcepti ŝin. Do ŝi daŭre frapegis la pordon, la eĥo flugis super alta flaviĝinta herbaro kaj poste revenis, kondamnante la virinon al eĉ pli granda malespero. Fine, elĉerpita, ŝi sidiĝis teren apud la pordo. Ial ŝi estis certa, ke ĉiuj tiuj homoj el ilia grandega laboratorio bone sciis pri ŝia alveno, ili nur kaŝis sin tie, interne. Rosana telefonis al la polico kaj jam post dek minutoj venis patrola aŭto.

Oni petis ŝin ĉion klarigi detale kaj Rosana komencis rakonti pri la kompanio "EnergoProgres", kiu situas en ĉi tiu konstruaĵo.

– Sed neniu kompanio estas registrita laŭ ĉi tiu adreso, – interrompis ŝin la policisto.

– Estas ia eraro, – protestis Rosana. – Aŭ ili ne estas oficiale registritaj. Sed ili estas tie, – ŝi montris perfingre al la pordo, – interne. Tie estas multaj laboristoj kaj grandega laboratorio. Mi ne pensis pri tio antaŭe, sed nun mi komprenas, ke ili laboras kontraŭleĝe.

– Ĉu vi certas? – demandis la policanoj.

– Jes, kompreneble, mi estas centprocente certa, mi estis tie. Ĉi tiu kompanio okupiĝas pri eliminado de energio kaŭzita de negativaj emocioj ĉe homoj kaj uzas tiun energion por propraj celoj.

Post tiuj vortoj, la brovoj de la policanoj leviĝis pro miro, ili interrigardis. Kaj Rosana daŭrigis:

– Temas pri tio, ke post kiam mi uzis iliajn servojn, mi komencis farti iom strange... Nu, kiel mi povas diri... Komence ĉio estis en ordo, al mi eĉ plaĉis, sed poste... Mi pensas, ke ili faris ion nekorekte... Vidu, ili ne enlasas min, kvankam ili ne rajtas, mi ja estas ilia klientino. Ili promesis, ke mi povas turni min al ili pri ajnaj demandoj, donis dumvivan garantion – kaj jen... Devigu ilin malfermi kaj klarigi ĉion.

La policanoj pardonpetis kaj flankeniris por priparoli la aferon. Rosana restis apud la pordo kaj nun nervoze paŝetis tienreen. Fine, post kelkaj minutoj, ili revenis.

– Ni kontaktis la posedanton de ĉi tiu ejo, – diris unu el ili. – Feliĉe, li nun estas en la urbo kaj povos veni ĉi tien por malfermi la pordon.

– Bonege, – Rosana nervoze frotis siajn manojn. – Nun vi vidos ĉion mem.

Proksimume post unu horo efektive venis aŭtomobilo kaj el ĝi eliris korpulenta viro kun tre malkontenta mieno.

– Mi al neniu ion luigis, – komencis li tuj, eĉ sen saluti ilin. – Sed se iuj kanajloj vere sidas tie, do tiam ili vere bedaŭros pri tio.

La viro malŝlosis la pordon, kaj ili ĉiuj kune eniris. Tie estis malvarme kaj mallume, samtiel, kiam Rosana eniris kun Patricia. Ili iris laŭ la longa koridoro kaj finfine haltis antaŭ la vica pordo. Rosana sciis, kion ĝuste nun ŝi vidos malantaŭ ĝi – laboratorion. Ŝi jam imagis la surprizitajn kaj konfuzitajn vizaĝojn de la laborantoj. Ŝi punos ilin, ĉiujn ilin, pro tio, kion ili faris al ŝi.

La viro malfermis la pordon per ŝlosilo, kaj ili tuj sentis odoron de mucideco. La malpura ĉambro estis malplena, nur sur la planko kuŝis iuj rompaĵoj.

– Sed tio ja ne povas esti... – flustris konsternita Rosana, kiu rigardis enen super la ŝultro de la viro.

– Ĉu vi mokas min? - li kriis, turnante sin al Rosana kaj al la policanoj. – Ĉu laŭ via opinio mi havas nenion por fari krom veturadi tien kaj reen?

– Ni pardonpetas, – murmuris la policanoj. – Prefere ni parolu ekstere.

– Kompreneble, – grumblis la viro.

– Ne, vi ne komprenas! Ili estis ĉi tie! La granda laboratorio estis ĝuste en ĉi tiu ĉambro, ili ankoraŭ havis diversajn aparatojn... Serĉu, eble vi povas trovi iujn spurojn iliajn, iujn pruvojn...

– Ĉu ŝi estas normala? – arogante demandis la policanojn la posedanto de la konstruaĵo.

Ili nur interrigardis.

– Jes, mi estas normala! – Rosana kriis, kaŭzante laŭtan eĥon.

– Tie ĉi situis la laboratorio de la kompanio "EnergoProgres".

– Estimata, bonvolu forlasi mian ejon, mi vere ne havas multe da tempo.

– Sed...

Rosana volis ankoraŭ ion diri, sed la policisto memfide prenis ŝin je la antaŭbrako kaj kondukis ŝin antaŭ si. Rezisti ne estis senco.

Post tiu okazaĵo la virino longe provis trovi almenaŭ iujn informojn pri la kompanio "EnergoProgres" kaj pri ĝiaj bonfaraj projektoj, sed ŝi trovis nenion. Ne estis eĉ iu mencio pri ĝi en interreto, neniu kaj neniam aŭdis ion pri ĝi. Foje kapon de Rosana vizitis strangaj pensoj: ĉu eble ŝi nur imagis ĉion ĉi? Sed ŝi tuj forpelis ilin. Ŝi estis certa pri sia mensostato, kaj krome ŝi havis pruvon pri influo al si – ŝi ne plu havis animan doloron, same kiel, finfine, ĉiujn aliajn homajn sentojn.

La tempo pasis, Rosana daŭrigis sian kutiman vivmanieron: ŝi laboris, kuradis apud la rivero, babilis kun la amikoj. Viroj facile venis en ŝian vivon kaj same facile foriris sen lasi videblan spuron. Ŝi strebis alkutimiĝi al tio, ke jam nenio estas ŝanĝebla, sed tamen de tempo al tempo vizitis tiun forlasitan konstruaĵon ekster la urbo: eble ŝi rimarkos ion strangan, ies ĉeeston interne? Eble iu el ili iam revenos tien? Sed eĉ ne unufoje ŝi sukcesis vidi aŭ aŭdi iun tie.

Estis somero, kiam Rosana denove venis al la forlasita konstruaĵo. Kiel ĉiam, ŝi frapis la pordon, paŝadis tien kaj reen kaj kiam ŝi jam estis forironta, ŝi rimarkis ion en la ombro apud la najbara domo. Ŝi proksimiĝis kaj vidis, ke tie estas viro. Li sidis sur la herbo kun la dorso, apogita al la muro, ririrgardante ion, kio aspektis kiel peco de gazeto. Laŭ la aspekto de la viro, oni povus konkludi, ke li estas senhejmulo, do ankaŭ Rosana same opiniis. La viro malrapide levis la kapon, poste mallevis ĝin kaj denove fiksrigardis sian pecon de gazeto. La virino volis demandi lin, sed li anticipis ŝin:

– Ĉu denove venis?

– Kio? – Rosana estis surprizita. – Ĉu vi jam vidis min?

– Jes, kaj eĉ plurfoje, – konfirmis la senhejmulo.

– Sed vi kion faras ĉi tie?

– Nun mi loĝas ĉi tie, – trankvile respondis la viro.

– Ĉu vi iam vidis iun eniri aŭ eliri tiun konstruaĵon? – demandis Rosana, montrante perfingre malantaŭen.

– Neniam mi vidis iun, – balancis la kapon la senhejmulo.

– Mi komprenas, – Rosana suspiris. – Pardonu, ke mi ĝenis vin, – ŝi diris kaj jam intencis foriri.

– Ĉu ankaŭ vi serĉas ilin? – subite demandis la senhejmulo.

Rosana eĉ ĉesis spiri, ŝi ŝtoniĝis, poste malrapide turnis sin al la viro:

– Kiun mi serĉas?

– Tiujn, kiuj priŝtelis vin.

Nun la viro rigardis rekte al Rosana. Li havis grizan sulk-ozan vizaĝon kun tre helaj, preskaŭ travideblaj okuloj. Vila barbo kaŝis duonon de lia vizaĝo, sed lia rigardo estis malfer-mita kaj penetranta. Li certe ne estis freneza.

– Mi serĉas homojn, kiuj damaĝis min. Iam ili laboris en tiu konstruaĵo. Sed nun ili forestas tie, kaj eble ankaŭ ilia kompa-nio ne plu ekzistas.

Kial ŝi tiom ektimis la demandon de ĉi tiu senhejmulo? Tion Rosana ne komprenis.

– Ili ekzistas, – subite memfide diris la viro. – Se ne ĉi tie, do, ie aliloke. Ili konstante aperas en diversaj anguloj de la planedo.

– Pardonu, mi devas iri...

– Ili ŝtelas ĉe homoj ilian doloron kaj malaperas kun la ŝtel-itaĵo.

Rosana estis konsternita.

– Kion... kion vi volas diri? – La virino falis sur la genuojn kaj kaptis la maljunulon je la ŝultroj. – Ĉu ankaŭ vi estis tie, ĉu ankaŭ vi subskribis kontrakton pri vendo-aĉeto?

– Jes, ili kontaktis min. Ne tie ĉi, ne en ĉi tiu konstruaĵo kaj ne en ĉi tiu lando, sed estis ĝuste ili.

– Kion tio signifas?

– Iam, kiam mi estis juna, mi perdis mian filon kaj multe suferis. Ŝajnis, ke mi ne postvivos tiun perdon. Kaj foje, kiam mi ploris sur la bordo de la lago, al mi venis viro. Li estis mal-juna, havis grizajn harojn kaj aspektis kiel bonkora homo. Mi bone memoras lin, kvazaŭ tio okazis hieraŭ. Li brakumis min kaj mi ekploris eĉ pli forte. Tiu viro diris, ke li povas helpi min, ke li povas forigi mian doloron kaj mi sekvis lin sen demandi ion. Estis vintro, kaj vintroj en tiu norda regiono estas aparte kruelaj. Mi sekvis tiun viron kaj larmoj glaciiĝis sur miaj van-goj. Li kondukis min en malgrandan loĝejon, kie ŝvebis odoro de io brulanta, kaj du aliaj homoj metis sur mian kapon iun strangan kaskon. Mi demandis ilin pri nenio – ŝajnis, ke eĉ se oni alportus tranĉilon al mia gorĝo, mi ne atentus tion. Poste mi eksentis malfortan elektran ŝokon, kiu trakuris la tutan korpon. La kaskon oni demetis kaj mi iris hejmen. Post tio mi ne plu priploris mian filon, sed mi ankaŭ ne ĝojis. Mi divorcis disde mia edzino kaj mi ne plu volis havi infanojn.

La viro finis sian rakonton kaj la mirigita Rosana kaŭris antaŭ li kaj avide kaptis ĉiun lian vorton.

– Ili faris la samon al mi, – malfacile spirante diris ŝi emo-ciplene. – Oni ion difektis en niaj korpoj, iel damaĝis nin. Necesas ekscii, kiel eblas rebonigi tion...

– Ho, kara infano, – vespiris la maljunulo. – Se ni povus ion fari en tiu situacio... Sed tio ne eblas. Niaj korpoj estas en ordo, oni nur ŝtelis nian energion.

– Sed oni diris al mi, ke mia fizika energio reaperos, mi tre bone memoras tion.

– Jes, la fizika reaperos, sed la emocia... Kiel vi vidas, mi estas multe pli aĝa ol vi. Post kiam mi konstatis, ke mi neniam plu povos suferi aŭ esti gaja, mian tutan postan vivon mi elspezis por esplori ĉi tiun temon. Vi verŝajne scias, ke laŭ la fizikaj leĝoj, energio ne aperas de nenie kaj ne malaperas ien senspure.

Rosana kapjesis.

– Nu, – daŭrigis la maljunulo, – la samo validas pri nia emocia energio. Ĝi estas kiel akvo sur nia planedo, kies kvanto ĉiam estas konstanta. Akvo senĉese moviĝas: de la tero al la ĉielo, de la ĉielo al la tero; ĝi ŝanĝas siajn agregostatojn: ĝi glaciiĝas, poste degelas, poste vaporiĝas kaj denove kondensiĝas. Akvo konstante cirkulas – sed ĝi estas la sama akvo. Se la oceanoj povus forvaporiĝi en nenion kaj malaperi por ĉiam, tiam pluvo ne havus el kio formiĝi. Same estas pri niaj emocioj: doloro transformiĝas en repaciĝon, la repaciĝo – en amon, la amo – en sindonemon, la sindonemo – en seniluziiĝon, la seniluziiĝo – en koleron, la kolero – en doloron kaj la doloro en repaciĝon. Tio estas eterna procezo. Se vi forigas la energion de kolero aŭ doloro, ili neniam plu transformiĝos en ajnan alian emocion. Sur la planedo komenciĝos sekeco, vivo komencos morti.

– Do, nun mi estas en stato de sekeco? – demandis Rosana.

– Jes, – kapjesis la viro. – Vi ne povas ami, via amo simple ne havas el kio formiĝi.

– Tiuj homoj... Ĉu ili sciis pri tio?

– Kompreneble ili sciis. Ili devis scii.

– Sed kial ili faras tion? La projektoj, pri kiuj ili rakontis al mi, estis nur mensogoj, reale ili ne ekzistas.

– Energio estas unu el la plej valoraj aĵoj en la mondo. Iu konstruas grandegajn staciojn por ricevi ĝin, sed al iu sufiĉas nur meti kaskon sur kapon de iu malfeliĉulo kaj premi butonon. Kaj dum ekzistos en la mondo tiuj, kiuj volas riĉiĝi en tiel facila maniero, homoj, kiuj estas en stato de malespero, estos en danĝero. Tiaj homoj estas facila celobjekto, ili estas konfuzitaj kaj tro sentemaj, ili estas kapteblaj per trompo. Homoj ne komprenas, ke en ilia doloro estas ilia forto, ĉar kiom forte vi povas suferi, tiom forte vi povas same ĝoji kaj esti feliĉa. Necesas nur iom da tempo por travivi la transiron de emocia energio de unu stato al la alia. Atendi, ĝis la glacio degelos kaj tranformiĝos en akvon.

– Kaj kion ni faru nun kun ĉio ĉi?

– Mi ne scias. Dume mi scias nenion. Kiam mi ekaŭdis pri la laboratorio en tiu ĉi lando, mi tuj venis ĉi tien. Mi devis esti certa, ke temas ĝuste pri la homoj, pri kiuj mi pensis. Sed estis jam tro malfrue – ili malaperis. Ili neniam longe restas en la sama loko. Jam de monatoj mi rondiras en tiu ĉi regiono, esperante, ke eble denove mi vidos iun el ili tie ĉi. Sed mi opinias, ke tio estas vana espero. Kaj mi ne plu havas multe da tempo por esplori la temon kaj serĉi ĉi tiujn krimulojn. Kiam mi forpasos, vi devas daŭrigi mian aferon.

Rosana rigardis la maljunulon, lian grizan, sulkozan vizaĝon kaj helajn penetremajn okulojn.

– Sed ĉu mi kapablas?

– En ajna senespera kaj riska afero, pleje gravas ne timi. Kaj vi ne kapablas timi. Timo estas tre energiriĉa sento, sed al vi mankas tiu rimedo. Tial vi estas la perfekta kandidato.

Rosana nenion respondis. Ŝi simple prenis el la manoj de la viro tiun pecon de gazeto, kiun li ankoraŭ tenis kaj ne ellasis. Tie, en la malsupra parto de la paĝo, estis artikoleto pri tio, ke policon kontaktis maljunulino, kiu asertis, ke de ŝi oni eliminis energion de ofendo kaj ŝi deziris rehavi ĝin. Tiun virinon oni enhospitaligis en lokan psikiatrian klinikon.

– Ni devas iel renkontiĝi kun ŝi, – Rosana diris decide, montrante per okuloj al la gazeto.

Responde, ĉe la lipanguloj de la viro aperis apenaŭ rimarkebla rideto.

(Elukrainigis Oleksandr Hriŝĉenko)

Kontrakto pri nediskonigo

Sekretoj ekzistas por esti iam rivelitaj. Kaj nun je unu plia sekreto malpliiĝis nia homa vivo. Rivelo de ĉi tiu sekreto estis granda ŝoko por la tuta homaro. Tio okazis relative antaŭnelonge, nur antaŭ kelkaj jaroj – kaj ekde tiam ĉi tiu evento restas la plej grava kaj la plej stranga por la mondo. Sed por mi eĉ nun, kiam la ekscitiĝo ĉirkaŭ ĉi tiu temo jam estingiĝis, estas malfacile ekkonscii ĉion ĉi. Ĝi ne plu ekzistas – ne ekzistas mistero de morto. Ĝis antaŭ nelonge, ni ĉiuj estis en plena nescio; ĉiuj ni, vivantaj, eĉ ne konjektis, kio estas tie – post la limo de la vivo. Ni, vivantoj, neniam komunikis kun la mortintoj, ni ne povis postkuri ilin tie, kien ili iris; ili de tie al ni neniam revenis. Neniu sugesto, neniu mesaĝo. Mortintoj silentas, do estis tute logike por ni supozi, ke ili ne plu ekzistas, same kiel nenio ekzistas post la limo, kiun trapasis la mortintoj. Multaj homoj akceptis tiun supozon.

Sed tiuj, kiuj aliĝis al la kontraŭa nelogika versio, ke tie, post la limo de la vivo, ekzistas io, estis pli multnombraj, multe pli; ja kredo je tio, kio ne povas esti, forte esperigas. Tamen la mondo ne estas stagnanta – kaj jen tio okazis: sciencistoj ricevis informojn, kolektis pruvojn kaj kurteno al tiu, alia mondo iomete malfermiĝis. La homaro por momento eĉ retenis spiradon: tie tamen io ekzistas! Sed kio precize? Evidentiĝis, ke por ni, ordinaraj homoj, estas malpermesite havi tiun scion. Tiun mallarĝan breĉon en la iomete malfermiĝinta kurteno tuj ŝirmis per siaj dorsoj la plej alta gvidantaro de la mondo kaj sciencistoj. Ĉiuj ceteraj, ili diras, ne povas scii la detalojn, por ne rompi la establitan en la socio sistemon de leĝoj. Ili tiom volis protekti nin kontraŭ kaoso, ke ĝi, tiu kaoso, komencis kreski, kiel lavango, kiu estas tuj moviĝonta kaj kovronta nin ĉiujn super niaj kapoj. "Kio estas tie, kio estas tie? Ni rajtas scii", – ni kriis pli kaj pli laŭte, ĉiu el sia hejmo, el sia lando, el sia kontinento; kaj tiuj, kiuj estis niaj kontraŭuloj en ĉi tiu ĝis nun paca milito, ne havis alian elekton, ol cedi.

Nia kaj ilia flankoj dum longa tempo intertraktis ĝis fin-fine interkonsentis pri certaj kondiĉoj. Tiuj, kiuj ĉion sciis, havis neŝanceligeblan pozicion, ke tia informo ne povas esti publike havebla, ĉar tiam aperus risko, ke ĝi estus akirita de infanoj, kiuj estas tro impresemaj aŭ neadekvataj – mallonge dirante, de tiuj, kiuj scii tion ne devas. Nu, ankaŭ ni konsentis pri tio – sed kion do ni faru? Niaj kontraŭuloj proponis liveri informojn en tre ĝeneralaj vortoj sen doni konkretajn priskribojn, faktojn aŭ klarigojn. Kompreneble, ni ne konsentis pri tio, ĉar volis scii ĉion. Ni postulis la tutan informon, ĉar ne komprenis, kiel ni diferencas de ili – de tiuj, kiuj *scias*. Ja ni ĉiuj estas homoj kaj ni ĉiuj same mortas. Tial ni havas la saman rajton havi scion pri morto. Ni proponis doni informon nur al tiuj, al kiuj tio estas permesite – laŭ certaj kriterioj. "Sed iu ajn el vi teorie povas transdoni tiun informon al aliuloj, al kiuj tio estas malpermesite" – ne cedis tiuj, kiuj *sciis*. Ambaŭ flankoj komprenis, ke ili devas atingi kompromisojn, ĉar aliel ĉi tiu disputo fariĝus eterna.

Tiuj, kiuj *sciis*, proponis subskribi kontrakton pri nediskonigo. Tiuj homoj, al kiuj estas permesite, espriminte sian deziron, povos ricevi plenan informon pri tio, kio atendas ilin post morto. Sed anticipe ili devas subskribi kontrakton, post kio ili ne rajtas diskonigi tiun informon al iu ajn. Alia grava kondiĉo de la sciantoj estis, ke la rajton ricevi informon havos nur tiu, kiu en momento de subskribo de la nediskoniga kontrakto atingis la aĝon de okdek jaroj aŭ havis nekuraceblan malsanon, kiu kaŭzos morton en la proksima estonteco. Do, temis pri kategorioj de homoj, kiuj havis la plej grandan probablecon de baldaŭa renkontiĝo kun la morto. La lasta kondiĉo al nia flanko ne plaĉis, sed la *sciantoj* insistis pri ĝi kaj ne volis cedi. Ni devis ion decidi. Mi opinias, ke la plimulto de niaj simpatiantoj esperis, ke la kontrakto ne estos strikte plenumebla.

Do, ambaŭ flankoj atingis interkonsenton, post kio nia ribelema humoro poiome trankviliĝis. Tie kaj ĉi tie laŭ tuta nia planedo, maljunaj aŭ nekuraceble malsanaj homoj komencis subskribi nediskonigajn kontraktojn kaj ricevi en specialaj institucioj informon pri vivo post morto. Tie estis diversaj homoj kaj ili iris al tiuj institucioj kun malsamaj emocioj: iu sentis malgajon, iu – timon kaj iu – nur scivolemon; sed ili revenis de tie, havante jam unu komunan trajton – neŝanceleblon. Ĉiuj ili kategorie rifuzis paroli pri tio, kion ili aŭdis. Kiom ajn petis kaj petegis iliaj infanoj, nepoj, parencoj, proksimuloj aŭ amikoj, tiuj homoj, kiuj eksciis la plej grandan sekreton de la homaro, la kondiĉojn de la nediskoniga kontrakto rompi ili ne povis. Kion povis enhavi tiu kontrakto, ke ĝi tiel forte influis la homojn? Tiuj, kiuj ne sciis, povis nur konjekti pri tio. Ili denove malgajnis.

La unuan fojon pri morto mi ekpensis, kiam mi havis sep jarojn. Mi memoras tiun momenton kvazaŭ tio okazis hieraŭ. Mi sidis sur la planko, serĉante en amaso de miaj desegnaĵoj puran folion, kaj subite venis al mia kapo tiu stranga penso, tiu demando, kiu, aperinta tiam, neniam plu forlasis min: kio estas tie, post la morto? Mi kvazaŭ ŝtoniĝis kun la desegnaĵoj en la manoj. Mi memoras stuporon en la tuta korpo kaj la senton, kvazaŭ mi falas ien en abismon. Ne, mi nek timis, nek malĝojis, tiu sento ne estis malbona kaj la penso pri morto – detrua. Ŝajnis, kvazaŭ por sekundo mi malkovris iun veron, kiun mi, bedaŭrinde, eĉ ne sukcesis pripensi. Ĝi ekbrilis en mia konscio kiel lumeto – kaj tuj denove ekregis mallumo. Mi rekonsciiĝis, metis la foliojn sur la plankon. Mi ankoraŭ nenion sciis aŭ komprenis pri la morto, sed tiu stranga sento kaj intereso pri la temo restis. Dum mia tuta vivo la mistero de morto ŝajnis al mi la plej granda kaj interesa. Mi ŝatis mian vivon, kaj mi ne hastis ĝin forlasi – ne, mi estis nur scivolema, terure scivolema: kio estis tie? Restis por mi nur atendi la finon.

El ĉiuj miaj parencoj mi estas plej proksima nur al ŝi, avino Maria. Mi ĉiam sciis, ke ŝi estas neordinara – tia, da kiaj estas malmultaj en la mondo. Tio ĉiam okazas, se vi pasigas kun iu multe da tempo kaj vi ambaŭ fartas bone pro tio. Mi kreskis kun mia avino Maria kaj ŝi maljuniĝis kun mi, pri kio mi, kompreneble, eĉ ne konjektis: por mi, ŝi ĉiam estis la sama ekde kiam mi memoras ŝin. Ŝi havis bonan senton de humuro kaj ankaŭ ŝi ŝatis paroli kaj ŝatis, kiam oni parolis al ŝi. Ŝi ŝatis rakonti pri siaj parencoj, kiuj kompreneble estis ankaŭ miaj parencoj, sed mi ilin neniam vidis. Tio estis ŝiaj gekuzoj, gekuzoj je tria grado, kaj foje eĉ je kvara grado, ŝiaj onkloj kaj onklinoj, fratinoj de avinoj, malproksimaj nevoj, iliaj infanoj kaj edzinoj. Ĉiam estis tiom da ili, ke mi eĉ ne provis memorfiksi nomojn aŭ almenaŭ imagi tiun komplikan sistemon de interrilatoj kaj parenceco – mi nur aŭskultis, sidante en ŝia mola fotelo, dum ŝi mem sidis sur sia ŝatata sofo.

Mi sciis, ke iuj el ili ankoraŭ vivas, ke ili vere ekzistas, loĝas en najbaraj urbetoj, vilaĝoj kaj distriktoj kaj kelkaj el ili – en foraj fremdaj landoj. Mi sciis tion, sed samtempe mi perceptis ilin kiel iajn nerealajn duonmitajn heroojn de elpensitaj historioj. Foje al ŝi telefonis iu el la samtiaj maljunaj kaj feblaj parencoj kaj ili dum horoj parolis pri sia vivo, kiu restis en malproksima pasinteco, kiam forestis telefonoj kaj televido, globala varmiĝo kaj totala poluado de la planedo. Tiuj maljunuloj estis ĉi tie kaj nun, sed ili vivis tie kaj tiam. Aldona pruvo de tio, ke tempo povas esti refraktita, ke paralelaj mondoj ekzistas. Kaj kiom ajn mi klopodis teni ŝin en ĉi tiu, nia realeco, ŝi tutegale foje forglitis al la tiu, paralela.

Ĝenerale, mia vivo fluis senzorge, se ne konsideri kelkajn problemojn kun nereciproka amo kaj kverelojn kun amikoj. Ĉio iris pli-malpli laŭ plano, kiun mi neniam havis – eble tial ĉio estis en ordo. Ĉio ŝanĝiĝis kun la malkovro de la sekreto de morto. La novaĵo konsternis min, finfine, samkiel la plej grandan parton de la homaro. Dum kelka tempo mi kaj miaj amikoj povis paroli pri nenio alia, krom tio. Post iom da tempo la amikoj finfine trankviliĝis, sed mi... Mi strebis ne pensi pri tiu stranga nediskoniga kontrakto, pri la malkovro, kiun faris la sciencistoj, pri homoj, kiuj subskribis la kontrakton. Mi volis transŝalti mian atenton al la aferoj de mia ankoraŭ juna kaj teorie interesa vivo, sed tio donis nur iun provizoran faciliĝon. Nokte, restinte en plena soleco kaj silento, mi fermis la okulojn kaj provis rememori tiun animagordon, kiun mi ekhavis, kiam mi unuafoje pensis pri morto. Kaj mi sukcesis en tio – sed la rememoro pri tiu malgranda momenta ekbrilo en mia konscio, tiu stranga impulso, kiu povus doni almenaŭ iun klarigon, delonge forvaporiĝis el mia konscio. Mi sciis, ke ĝi estis, tiu ekbrilo – sed kio ĝi reale estis, mi tute ne sciis. Tiuj pensoj pli kaj pli obsedis min kaj kvankam mi rezistis, mi komprenis, ke mi estas malvenkonta.

– Pri kio vi konstante pensas? – demandis min foje avinjo Maria.

Mi ektimis, vere ektimis. Ĝis nun mi pensis, ke tio estas nevidebla por iu ajn, sed mi eraris – miaj pensoj perfidis min. Mi ne sciis kiom longe mi povos kaŝi mian sekreton, kiom longe mi povos rezisti al tio, kio voris min de interne. Kaj jen la unuaj ŝosoj de miaj frenezaj pensoj aperis ekstere kaj avino Maria estis la unua, kiu rimarkis ilin.

– Pri nenio, – respondis mi.

– Tiuj knabinoj, ili forprenas vian senzorgecon, Mateĉjo, – ridetis ŝi. – Venis tempo por vi edziĝi.

– Jes, jes, – mi kapjesis, – venis tempo.

Mi forlasis la domon de la avino en sinforgesa stato. Malfaldis la kolumon de mia palto, ĉirkaŭrigardis kiel ŝtelisto. Ŝajnis, ke la ŝanĝoj en mi estis tiom evidentaj, ke iu ajn povas legi ilin sur mia vizaĝo. Mi trenis min hejmen. Kaj tie mi unuavice komencis serĉi en interreto informojn pri homoj, kiuj subskribis la nediskonigan kontrakton. Mi faris tion ĉiutage dum kelkaj monatoj. Trovinte tian personon, kiu subskribis la kontrakton, mi serĉis ajnan informon pri tiu homo. Pleje min interesis ilia sorto post la subskribo. Kompreneble, tiuj homoj estis aŭ maljunaj aŭ nekuraceble malsanaj kaj ilia proksima estonteco estis pli-malpli antaŭvidebla – ilin atendis morto. Kion precize mi serĉis, legante pri tiuj homoj? Verŝajne mi mem ne plene komprenis tion – sed tamen, ŝajnas, min ne lasis la espero, ke ie mi trovos almenaŭ ian aludon pri tio, kio ĝuste povus esti tie, ekster *la limo*. Eble iu el ili povas iel malkaŝi sian sekreton? Sed ĉio estis vana. Tiuj homoj simple pace forlasis siatempe la mondon, neniam kaj neniel rompante la kondiĉojn de la kontrakto.

Foje mi kaptis min je la penso, ke mi cerbumas pri ĉiuj konataj malsanoj, serĉante inter ili la ne kuraceblajn, kiuj donus al mi la rajton, se mi havus unu el ili, subskribi la nediskonan kontrakton kaj ricevi la informon. Mi pensis, kiu el ili estus pli taŭga por malsaniĝi? Mi teruriĝis. La deziro ekscii la sekreton de la morto akiris danĝeran inklinon. Kion do mi faru? Mi estis en malespero.

– Vi ne devas silenti, Mateĉjo, – subite diris avino Maria, sidante sur sia plej ŝatata sofo kaj observante min dum mi trarigardis la novaĵstrion en mia telefono.

Mi levis la okulojn al ŝi. Jes, mi ne devis silenti, sed mi eĉ ne imagis, kiel mi rakontu al iu pri tio, kio turmentas min.

– Vi lastatempe estis iom konfuzita kaj malgaja. Doloras al mi vidi vin tia, – ŝi daŭrigis.

– Mi... mi interesiĝas pri io, avinjo.

– Pri kio ĝuste vi interesiĝas?

Mi mallevis la okulojn.

– Avinjo, ĉu vi estis feliĉa dum via vivo?

Ŝi pensis momenton, rigardante ien flanken, kaj poste konkludis:

– Jes, Mateĉjo, kompreneble estis.

– Ĉu pri morto vi ofte pensas? – mi demandas per iom pli mallaŭta voĉo.

– Jes, kaj ĉiujare ĉiam pli ofte.

– Ĉu vi timas?

– Ne, pro kio... Mi estos okdekjara venontsemajne, vi ja scias.

– Mi scias.

– Kial vi demandas?

Mi denove forturnas mian rigardon kaj profunde enspiras.

– Ekde kiam la sekreto de morto estis rivelita, ekde kiam aperis la nediskoniga kontrakto, mia vivo ŝanĝiĝis. Eĉ antaŭ tio mi konjektis, ke tie ekzistas io, kaj mi volis scii, kio ĝuste. Sed nun... Nun al mi ŝajnas – ne, mi certas – ke mi ne povas atendi tiom longe por ekscii. Ĉu vi komprenas? Por mi estas tro longe.

Mi sentas, ke miaj lipoj komencas tremi. Fin-fine, miaj pensoj estis sonigitaj. Avinjo Maria silentas, ŝi rigardas rekte en miajn okulojn kaj nenion respondas. Kial ŝi nenion respondas?

– Kial vi ne diras, ke mi estas tro juna por pensi pri tio aŭ ke mi estas freneza – ĉar vi tiel opinias, ĉu ne? – Vi ja nun pensas pri tio? Se mi rakontus pri tio al miaj gepatroj, ili en la plej bona kazo priridus min, kaj en la plej malbona – sendus al psikiatro. Mi scias, ke mi estas nenormala, mi scias... Sed kial diable ili elpensis tiun kontrakton? Kial? Kaj se ĝi jam ekzistas, kial do ne povas subskribi ĝin ĉiu deziranto, kiel, ni diru, frenezulo kiel mi?

Mi tremas tutkorpe. Mi atendas respondon de mia avino, sed anstataŭe ŝi nur disetendas la brakojn, invitante min per tiu gesto al brakumo. Mi leviĝas de mia mola fotelo sub la muro kaj venas al ŝi.

– Vi ne estas freneza, ne estas freneza, – ŝi diras kaj karesas mian kapon.

En ŝia brakumo mi trankviliĝas. Mi aŭskultas ŝin. Mi kredas al ŝi.

Ĉiuj prepariĝis por la naskiĝtago de avino Maria. La gepatroj okupiĝis pri la organizaj aspektoj, kvankam ŝajnis, ke ili pleje interesiĝas pri la gastolisto. Ili jam plurfoje relegis ĝin kun la avino, timante preterlasi iun el la parencoj. La fratino mem sendis invitilojn por gastoj kaj faris bukedojn el freŝaj floroj, kiuj devis esti sur la tabloj. Avinjo Maria baldaŭ fariĝos okdekjara, do ĉi tiun feston oni memoru dum longa tempo. Mi respondecos pri transportado – tio sonas nemalbone, sed fakte ĉiuj scias, ke mi devos nur renkonti kelkajn gastojn en la stacidomo kaj veturigi ilin hejmen. Lastatempe mi estas ne tre aktiva, preferante silentan kontempladon. Ĉiuj scias, ke io ne estas en ordo ĉe mi, kvankam neniu scias, kio precize. Do nun mi nur sidas sur la mola fotelo de mia avino kaj aŭskultas la plurfojan relegadon de la gastlisto. Estas nekredeble, ke baldaŭ, post nur kelkaj tagoj, mi ekvidos proksimajn kaj malproksimajn parencojn, ĉiujn tiujn duonrealajn homojn, pri kiuj mi sciis nur el ŝiaj rakontoj.

Domaĝe, ke miaj gepatroj devas zorgi ankaŭ pri mi. Mi ja volas al neniu kaŭzi zorgojn, sed ial okazis tiel, ke mi tamen ilin kaŭzas – nur per mia ĉeesto, per mia silento, per mia senatenta rigardo. Ial ĉiuj opinias, ke ne estu tiel, ke mi devas esti tia, kiel antaŭe. Mi vere bedaŭras, sed nenion mi povas fari por helpi ilin – tiu vivo, kun ĉiuj ĝiaj perspektivoj, defioj kaj plezuroj, fariĝis por mi tro griza kaj neinteresa; kompare kun la mistero de morto mi perceptas ĝin nur kiel sengustan preludon al io vere valora. Nur unu homo scias pri tiuj miaj sentoj – kaj mi estas tre dankema, ke ŝi ne malaprobas min.

Mi rigardas en la spegulon. Mi tre malgrasiĝis. Kaj tiu ĉi nigra kostumo plilongigas min eĉ pli multe. Apud la okuloj eĉ sulkoj aperis. Mi tiretendas la haŭton permane – kaj la sulkoj malaperas, sed tuj post kiam mi ĉesas, ili denove aperas. Estas tempo por iri al la salono, ĉiuj gastoj jam venis kaj altabliĝas. Sed mi ne deziras. Pro la ridado kaj babilado, aŭdeblaj en la halo, mi sentas malkomforton kaj eble eĉ timon. Mi ordigas mian jakon. Naskiĝtagoj estas terura afero.

Avinjo Maria estas tre vigla, akceptas bondezirojn kaj multe ridas. Tiaj homoj, kia ŝi estas, vere meritas vivon. Donacojn necesus doni nur al tiuj, kiuj vere ĝojas ilin havi. Mi ne deziras esti en tiu tumulto. Mi jam gratulis la avinon matene, do mi tuj sidiĝas ĉe la tablo apud la karto kun la surskribo "Mateo". Mi esperas, ke tio estas mi. "Estis amuze", diris la fratino post kiam la lasta gasto de nia vesperfesteno forlasas la salonon. Mi helpas avinjon Maria eniri la aŭton kaj kun ĉiuj donacoj veturigas ŝin hejmen.

– Eble vi helpos al mi pririgardi la donacojn? – proponas ŝi, kiam ni estas hejme.

– Ĉu nun? – mi demandas per laca voĉo. – Sed jam estas tro malfrue.

– Tro malfrue povas esti nur por mi, ja ĝuste mi ĵus festis mian okdekjariĝon, – ŝi ridetas. – Prenu kaj malpaku tiun plej grandan skatolon.

Mi sidiĝas en molan fotelon apud la muro kaj tiras la skatolon al mi, ŝiras la paperon – tio estas ia manĝilaro. Avinjo Maria ĝojas, pririgardas la telerojn, kun kortremo tuŝas la ornamaĵon sur la tasoj. La sekva pakaĵo estas komponaĵo el kadroj, kiu estas destinita por pendigi ĝin sur la muron, en formo de genealogia arbo, kiu havas radikojn, trunkon kaj branĉojn.

– Ĉi tie sufiĉos loko por ĉiuj ni, – ŝi diras kaj ŝiaj okuloj brilas.
– Ŝajnas, ke mia loko estas ĉi tie, – ŝi montras al la kadro en la radikoj de arbo.

Larmoj venas al miaj okuloj, ĉio estas pro mia senpoveco. Mi volas ĝoji kun ŝi aŭ almenaŭ rideti, sed anstataŭe, mia sola deziro estas foriri por dormi, simple malŝalti la lumon kaj enlitiĝi. Kiam la lasta donaco jam estas malpakita, mi suspiras pro faciliĝo.

– Kaj nun ankaŭ mi havas donacon por vi, – diras avino Maria.

– Kiun donacon?

– Hodiaŭ mi fariĝis okdekjara, vi ja scias.

– Scias, – mi kapjesas.

– Kaj morgaŭ vi veturigos min al la institucio por subskribi la interkonsenton pri nediskonigo.

Mi silentas, mi nur aŭdas, kiel laŭte batas mia koro kaj ĝia batado eĉ reeĥas en miaj oreloj.

– Kial vi decidis tion? – demandas mi.

– Vi scias kial, mia kara. Mi ne plu povas vidi, kiel vi velkas. Tial mi ekscios pri ĉio kaj poste rakontos al vi.

– Sed vi ja ne povos, avinjo, ĉiuj scias tion.

– Mi povos, mi ĉion povos. Ni povos.

Neniu en nia urbo ĝis nun kuraĝis fari similan paŝon. Avino Maria fariĝis la unua. Homoj, kiuj ricevis la rajton ricevi informojn, frontis interesan fenomenon. Evidentiĝis, ke ekscii ĉion pri vivo post morto kaj pri morto mem ne estas tiel simpla afero. Ĉar kiam oni komencas pensi pri tia ebleco, komencas konscii ĉion ĉi, onin ekregas timo, kvazaŭ antaŭ salto de klifo – eĉ se oni estas asekurita. Almenaŭ tiel priskribis siajn travivaĵojn tiuj homoj, kiuj ricevis la rajton. Evidentiĝis, ke avino Maria ne estis timema virino, ne estis en ŝi eĉ gramo da timo aŭ dubo. Miaj gepatroj ne subtenis ŝian decidon, ili eĉ provis deadmoni ŝin.

– Por kio vi bezonas tion en via aĝo, kial vi tiel senpaciencas? – demandis la avinon nervoziĝanta patrino.

– Ĝuste pro tio, ke mi jam havas tian aĝon, kiam oni devas hasti uzi ĉiujn eblecojn, – provis ŝerci la avino. – Kaj nun Mateo veturigos min al la informcentro. Mi volonte parolus kun vi pli, sed mi devas hasti.

Avino forlasas la ĉambron, kaj miaj gepatroj kaj fratino povas nur senhelpe rigardi post ŝi. Mi sekvas la avinon.

Sincere parolante, avinjo Maria kaj mi prepariĝis por ĉio. Ni pripensis diversajn variantojn de komunikiĝo, por ke ŝi ne devu paroli – ĉar ŝi certe ne povos paroli pri tio. Ni interkonsentis, ke unue mi metos demandojn, al kiuj ŝi povas respondi "jes" aŭ "ne". Se tio estas "jes", la avino palpebrumos, se "ne" – tiam ne. Se mi volos ricevi de ŝi iun pli konkeretan informon, tiam mi nomos al ŝi literon, kaj ŝi palpebrumos, se tiu litero estas ĝusta – kaj tiel mi povos kunmeti tiujn literojn en vortojn. Unuvorte, ni sciis, ke ni iel elturniĝos, ni sukcesos, ja ni estas neordinaraj – almenaŭ ŝi, mia avino Maria.

– Avinjo, ĉu vi certas? – lastfoje demandas mi ŝin, helpante al ŝi elaŭtiĝi kaj donante al ŝi bastonon.

Ŝi responde nur kunpremas mian manon.

La tutan tempon, dum mia avino forestis, mi pensis pri ŝi kaj pri tio, kio nun okazas al ŝi. Mi esperis – ne, mi sciis, estis certa, ke ĉio estos alimaniere ĉe ni, ne kiel ĉe tiuj aliaj homoj, kiuj subskribis la interkonsenton, kaj iliaj proksimuloj. Avinjo Maria trovos manieron almenaŭ ion diri al mi, almenaŭ aludi. Ŝi povos. Ĉiufoje, kiam la pordo malfermiĝis, mi ĵetis al ĝi rigardon. Do, kiam ŝi finfine eliris, mi tuj elsaltis el la aŭto kaj kuris renkonten al ŝi. Helpis ŝin malsupreniri la ŝtuparon kaj eniri la aŭton. Ni silentis dum la tuta hejmenveturo, sed mi daŭre rigardis mian avinon en la spegulo kun la espero, ke mi kaptos ŝian rigardon kaj ekvidos en ĝi tion, kion mi atendas. Sed ŝi nur rigardis tra la fenestro. Pasis longa tempo, eble eĉ pluraj monatoj, antaŭ ol mi akceptis la fakton, ke mi ne ricevos de avino Maria ajnajn aludojn aŭ ĉifritajn informojn. Ŝi, kiel ĉiam, estis atenta kaj afabla al mi, ni povis plu pri io paroli, sed kiam mi metis demandon, al kiu ŝi devus, kiel ni interkonsentis, palpebrumi aŭ ne, ŝia rigardo tuj iĝis foresta, ŝi rigardis ŝajne al mi, sed efektive preter mi. En tiaj momentoj ŝi ŝajnis ne aŭdi min.

Ŝi ŝanĝiĝis, multe ŝanĝiĝis. Ŝi sidadis sur sia sofo, ĝentile kunmetinte la manojn sur la genuojn kaj pensis pri io. Ŝi manĝas tion, kion antaŭe, samtiel enlitiĝas kaj ellitiĝas, sidas sur la sama ŝatata sofo kaj samtiel promenas laŭ la korto. Foje mi tamen provas pririgardi ŝin kiel eble plej atente, observas ŝian vizaĝon, manojn, strebas diveni fluon de ŝiaj pensoj. Sed kion mi povas fari? Kion? Mi estas simple ridinda en tiuj miaj konjektoj. Neniu el nia parencaro rimarkis ajnajn ŝanĝojn ĉe ŝi – krom mi. Verŝajne, ĉar mi plej bone konis ŝin, ial ŝi plej ofte elektis min kiel viktimon por siaj senfinaj familiaj historioj. Plej ofte min elektis, ĉar min pleje amis – tion mi sciis. Tial nur mi rimarkis tiun malatentemon en ŝia rigardo.

Kaj jen mi denove sidas en la fotelo en ŝia ĉambro kaj ŝi – sur la sofo, samtia, kiel hieraŭ, kaj antaŭhieraŭ, kaj la pasintan monaton, kaj monaton antaŭe, sed ŝia rigardo ne plu estas la sama. Mi ne povus klarigi, per kio ĝi diferenciĝas – mi nur scias, ke ĝi estas malsama. Avinjo Maria nun ne ŝatas renkonti ies rigardon. Mi eĉ ne provas, sed kiam tio okazas kaj miaj okuloj renkontas la ŝiajn, tio tre malĝojigas min. Ŝi faris tion pro mi, subskribis tiun malbenitan interkonsenton – ja nur Dio mem scias, kion precize ili diris al ŝi tie. Mi koleras kontraŭ mi mem. Kiel mi povus esti tiel tromemcerta, pensi, ke ni povos rompi la interkonsenton, se neniu alia ĝis nun sukcesis tion? Egoisto, malsaĝulo.

– Avinjo, mi iras al la vendejo, ĉu mi aĉetu ion por vi? – mi demandas ŝin.

– Ne, Mateĉjo, ne necesas, dankon, – ŝi respondas.

Tiele ŝi nun respondas al ĉiuj demandoj: "Ĉu vi manĝos ion, ĉu ŝalti vian ŝatatan elsendon, ĉu veturigi vin dimanĉe al la preĝejo, ĉu aĉeti al vi gazeton"? – "Ne, Mateĉjo, ne necesas, dankon". Tio estas ĉio.

Iun vesperon mi tamen ne eltenis. Abrupte leviĝis de mia fotelo, prenis la alfabeton, per kiu ni ekzercis doni signojn kaj sidiĝis apud la avino. Ŝi demetis la gazeton, kiun ŝi legis, kaj rigardis min.

– Eble ni almenaŭ provu? – demandis mi, sentante, ke io amasiĝas en mi, kiel neĝbulo, ruliĝanta malsupren de supre.

– Vi ja promesis.

– Mateĉjo, ŝi diris trankvile, prenis la paperfolion el miaj manoj kaj flankenmetis ĝin.

– Kio okazas kun vi ĉiuj? Kial vi estas tiel malfortaj? – mi preskaŭ kriis. Mi ne sciis, de kio mi estis obsedita... Mi iradis laŭ la ĉambro tien kaj reen, ne povante halti.

– Tio ne estas vero, Mateĉjo, ni estas fortaj, tre fortaj. Ankaŭ vi estas forta.

– Ĉu mi? Kion vi diras, avinjo? – mi estis ĉagrenita. – Rigardu min. Al kio mi similas? Mi estas sensignifa.

Avinjo nur suspiris. Ŝi etendis al mi la brakojn, invitante min per tiu gesto en ŝian brakumon. Ŝi ĉiam faris tion. Kaj mi ĉiam amis ŝin pro tio. Do ŝi etendis la brakojn, kaj la unuan fojon en mia vivo mi ne moviĝis. Mi nur staris kiel tiu sala statuo, pri kiu ŝi iam legis al mi el la Biblio. Statuo, kiu simple ĉesis esti homo. Avinjo ne mallevis la manojn – almenaŭ mi ne plu vidis tion, ĉar mi forlasis la ĉambron.

Kiam matene de la sekva tago mi venis en la kuirejon, tie estis ia stranga tumulto. Panjo ien telefonis, paĉjo febre serĉis la aŭtoŝlosilojn, mia fratino rigardis min kun larmoj en la okuloj kaj diris: "Avinjo". Je la unuaj sonoj "av...", miaj fingropintoj kvazaŭ ligniĝis kaj poste, ŝajnas, ankaŭ la tuta korpo.

Avinjo kuŝis sur sia sofo. Tute trankvila kaj eĉ iome ridetanta. Ŝi kuŝis rekte, kvazaŭ ŝi jam kuŝiĝus en ĉerkon, nur la kuseno estis alta, similajn oni ne metas en la ĉerkon. Ŝi ne plu etendis la brakojn al mi, ŝi nenion plu volis de iu. Fin-fine, ŝi nenion volis eĉ antaŭ la morto. Ŝi simple vivis, simple ĝojis. Ŝi ne sukcesis instrui al mi tiun ĝojon, ne povis, nur ne min. Mi rigardis mian avinon kaj kaŝe malamis min. Kial ĝuste la hieraŭa vespero evidentiĝis esti nia lasta vespero? Mi opiniis, ke ŝi ne aprobus miajn pensojn, do mi iris eksteren – ŝajnas, ke mi timis, ke ŝi eble subaŭskultos ilin. Kiu scias, pri kio kapablas tiuj mortintoj, pacaj kaj apenaŭ rimakeble ridetantaj homoj.

Post la forpaso de avinjo Maria mi ekfartis pli malbone, multe pli malbone. Mi apenaŭ povis manĝi kaj apenaŭ povis dormi. Iun matenon miaj gepatroj venis en mian ĉambron kaj diris, ke ni veturu al la kuracisto. Mi ne rezistis. Mi ne plu rezistis al iu kaj io ajn. Ni iris ĉien kune, ni ankaŭ staris kune en vicoj. Eble miaj gepatroj timis, ke mi falos ie survoje kaj jam ne kapablos leviĝi. Kiu scias. Sed preni la rezultojn de miaj medicinaj testoj post unu semajno mi veturis jam sola. Pri tio mi insistis.

Mi forlasis la hospitalon, faldis kelkfoje la paperfoliojn kun la rezultoj de la testoj kaj metis ilin en mian jakpoŝon. La unuan fojon post multaj tagoj ne estis malvarme. Mi ekvolis iom promeni. Nekredebla leĝero ekregis min, ĝi estis ĉie – en mi kaj ĉirkaŭ mi, leĝero en miaj pensoj, en mia spirado, en miaj paŝoj, leĝero en la rigardoj de homoj, en iliaj ridetoj. Facila venteto foj-de-foje tuŝis mian vizaĝon. La vivo akiris aliajn konturojn, pli glatajn liniojn, pli molajn kolorojn, pli mildaj teksturojn. Reveninte hejmen mi estis alia persono, ridetis al miaj gepatroj, demandis, kion mi povus manĝi. Poste mi longe kuŝis en mia ĉambro, aŭskultis muzikon, telefonis al malnova amikino. Ŝajnas, ke mi iam havis sentojn al ŝi. Ŝi neniel povis kompreni, kial mi telefonas al ŝi kaj kiom ajn ŝi klopodis, ŝi ne povis kaŝi sian surpriziĝon. Ial tio kortuŝis min. Mi multe parolis kun miaj gepatroj. Fin-fine mi povis sidi kun ĉiuj ĉe la tablo. Post kelkaj tagoj miaj vangoj eĉ iom ruĝiĝis. La gepatroj estis feliĉaj pro tiuj ŝanĝoj. Ni babilis kaj babilis, al mi plaĉis respondi ĉiujn iliajn demandojn. Evitis mi nur paroli pri la rezultoj de la medicina testado. Pro kio ni parolu pri tio? Homo ja devas havi almenaŭ iun sekreton en la vivo. Mia sekreto estis paperfolio kun la vorto "kancero", skribita sur ĝi, kiu estis kaŝita profunde sub la vestaĵoj en mia tirkesto. Iam ni devos priparoli ankaŭ tion. Ja sekretoj ekzistas por esti iam rivelitaj.

(Elukrainigis Oleksandr Hriŝĉenko)

FABELOJ

Talpo

Iam vivis Talpo. Li laboregis peze, tiel peze, ke li eĉ ne havis tempon por ripozi. Li fosadis tunelojn subtere, ĉesis nek tage nek nokte, skrappenetris per siaj piedoj tra malmola tero tiom forte, ke sango eliĝis el ili, tiom forte, ke li foje tute eluzis la ungojn, sed li fosadis kaj fosadis. La Talpo movis sin antaŭen rapide, sed li volis ankoraŭ pli rapide, la tero premis lin de ĉiuj flankoj, rezistante al la korpo de la Talpo, forskrapadis lian silkecan felon, sed la Talpo ne atentis tion, lia felo mudis, sed poste nova kreskis. La Talpo daŭrigis la fosadon. Pli kaj pli da tuneloj kuŝis malantaŭ la Talpo, sed estis la sama netrairebla muro antaŭ li, kaj la Talpo estis trabatanta tiun muron, denove kaj denove estis trabatanta, por ke liaj tuneloj plimultiĝu, por ke ili iĝu pli longaj. La okuloj de la Talpo konis neniun alian koloron krom la koloro de mallumo, la naztruoj de la Talpo konis neniun alian odoron krom la odoro de humida grundo. La Talpo laboregis pene, ho tiel pene, ĉar li sciis, ke baldaŭ liaj infanoj naskiĝos en la mondon. Kaj kiam liaj tri filoj naskiĝis, la Talpo ĵetis sin en la pezan laboron ankoraŭ pli intense, ĉar li havis jam iujn, por kiuj li vivu, iujn, kiujn li prizorgu. La Talpo forgesis eĉ kiel retrovi spiron, li fosis kiel spiris, ĉiutage, ĉiuminute. Kaj la Talpo faris siajn tunelojn ĉiam pli kaj pli larĝaj, por ke liaj filoj neniam devu forskrapadi siajn felojn, kiel li estis farinta iam, por ke la tero ne premu ilin tiom senkompate en sia sino, kiel lin iam, li volis almenaŭ, ke ili, se al li ne estis destinite, sentu, kio estas spaco, kio estas libereco. Kaj jam la filoj kreskis, kaj ankaŭ ili eklaboris, kaj ili sekvis sian patron kaj helpis lin.

– Filoj miaj, infanoj miaj, – la maljuna Talpo diris, – mi laboris la tutan mian vivon pene, por ke vi vivu pli facile, rigardu malantaŭen, jen estas centoj, miloj da kilometroj da larĝaj, vastaj tuneloj, kiuj serpentumas, iru kaj loĝu tie, kaj daŭrigu nian genton.

– Ho ne, patro, – la infanoj kontraŭdiris, – ni ne volas viajn tunelojn, ankaŭ ni volas senti nin posedantoj, ni volas fosi niajn proprajn tunelojn, nelonge restas por ni vivi solaj baldaŭ ankaŭ ni havos niajn proprajn familiojn, baldaŭ ankaŭ niaj infanoj naskiĝos en la mondon.

– Nu bone, – suspiris la Talpo, laca kaj elturmentita pro la laboro, sed kion li povis fari, – tiam almenaŭ per mia konsilo mi estos utila por vi, se vi ne volas miajn tunelojn.

Do la maljuna Talpo komencis doni konsilojn al siaj filoj kiel fosi pli rapide kaj en kiu direkto. Sed li mem ne evitas la laboron, skrappenetras per la dentoj en la teron tutforte por tamen ankoraŭ helpi siajn filojn. La tero premas lin, ne lasas lin spiri kaj ŝtopas liajn naztruojn. Mi laboradis dum mia tuta vivo kiel sklavo, fosadis pli kaj pli larĝajn tunelojn, ĉar mi strebis al vasto, sed nun mi mortos sufokita de la grundo, – pensis la Talpo kaj subiĝis al la sorto, lia korpo moliĝis, akceptante humile la tutan pezon de la ĉirkaŭa tero sur sin. Sed estas amare morti tute sola, li volis almenaŭ vidi la infanojn antaŭ sia morto, la Talpo ekvigliĝis, streĉante ĉiujn siajn muskolojn, ekfosis furioze, ne domaĝante sian korpon, en la nigran teron. La lastaj restaĵoj de la fortoj forlasis la Talpon, sed la laboro bolis, li fosis tiel rapide, kiel neniam pli frue, kiel eĉ en sia juneco li ne fosis, sed forgesis la Talpo en sia ardo la vojon, laŭ kiu li ĉiam moviĝis, kaj ekfosis iom pli alten. Kaj la Talpo faris la finan spurton kaj trabatis sin al la tersurfaco. La bonodora freŝa aero frapis liajn naztruojn, kaj tiel forte, ke li eĉ eksentis kapturniĝon. Kaj la Talpo ekvidis finfine la surfacajn kolorojn, kies ekziston li eĉ neniam suspektis antaŭe, la Talpo rigardis la ĉielon, kaj larmoj fluis malsupren de liaj okuloj, ĉar lia menso apenaŭ povis kompreni la belecon de la ĉielo. Sed pleje la Talpo estis impresita de la spaco, la senfina, eterna spaco, al kiu li estis strebanta sian tutan vivon, por kies plivastigo li fordonis sian vivon. Ĉar li estis certa, ke la spaco ne estas donata tiel simple, kaj ke por havi ĝin oni devas toleri dolorigan turmenton. Sed evidentiĝas, jen kie estas la spaco, evidentiĝas, ke li eĉ ne sciis, kio ĝi estas. Li tretis la sinon de la tero, boris ĝiajn internaĵojn dum sia tuta vivo, ne konante ripozon, sed ĝis la libereco restis nur kelkaj centimetroj. Sufiĉis levi sian kapon kaj fosi iom pli alten. Mi estas ĉi tie finfine, nun mi povas vivi kaj ĝui mian vivon. La Talpo rememoris siajn filojn, volis reveni al ili kaj rakonti ĉion. La Talpo venkis, li batalakiris finfine de sia vivo tion, kion li ĉiam volis, la Talpo ne kapitulacis plene, sed jam delonge kapitulacis la korpo de la Talpo. Li provis movi sin, sed lia korpo ne obeis. Li povis nur klini sian kapon malsupren kaj krii al la tera firmaĵo:

– Filoj miaj, venu ĉi tien, sekvu mian voĉon!

Sed la filoj ne respondis kaj ne venis.

– Infanoj miaj, venu al mi, la tuta beleco de la mondo atendas vin – la Talpo ekkriis duafoje, ne rimarkinte, ke lia voĉo iĝis ankoraŭ pli mallaŭta kaj pli malforta.

Sed la filoj ankaŭ tiam ne venis, ĉar ili ne aŭdis sian patron.

– Filoj miaj, infanoj miaj, mi scias, ke vi ne plu aŭdos min, mi volas nur ke vi ĝis la fino iru laŭ mia lasta tunelo – la maljuna Talpo flustris kaj mortis, kvazaŭ li neniam vivis.

Liaj filoj laboris dume. Sed post iu tempo ili subite rememoris:

– Sed kien nia patro malaperis? – ili demandis unu la alian.

Ili sidis kaj malĝojis ioman tempon, eksploris silente, sed ne serĉis lin, ĉar ili sciis, ke li jam ne estas en ĉi mondo. Kaj ili ekstaris, ĉar ili devis komenci labori, ili ne havis tempon por mediti pri vivo kaj morto, tia estas la talpa vivo: batali por spaco kontraŭ la tero ĉiutage.

(Elukrainigis Petro Palivoda)

Lacerto kaj ĝia vosto

Iun varmegan someran tagon lacerto alkuris al monta fonto por malvarmiĝi. Ĝi rampis sur la randan ŝtonon, tre longe rigardis la akvon, kaj subite akra doloro penetris ĝian tutan korpon. La lacerto faris abruptan movon por eskapi, sed ne povis. Ĝi ĉirkaŭrigardis kaj ekvidis la okulojn de linko, terurajn, brilantajn okulojn. Dume ĝiaj akraj ungegoj eniĝis en la voston de la lacerto, kiu eĉ pensis, ke ĝia morto jam venis, sed ĝi tamen ĝustatempe pripensis: forĵetis sian voston kaj forkuris tiel rapide kiel ĝi nur povis.

Ĝi kuregis el ĉiuj siaj fortoj, ne retrorigardante, ne pensante pri io ajn. Ĝi ĵetis sin en la plej dikajn densejojn, malsekajn rosajn herbojn, pikajn dornojn, glitis laŭ muskoj, ruliĝis laŭ deklivoj malsupren, grimpis supren laŭ nudaj rokoj, ĝis alkuris tiom malproksimen, ke ĝi eĉ ne sciis, kien ĝi trafis, ĝi enfosiĝis en sekan susurantan foliaron kaj komencis respiri fiksaŭskultante. Tiel, aŭskultante la silenton kaj fikse rigardante la mallumon, ĝi sidis dum iom da tempo ĝis konvinkiĝis, ke nenio minacas ĝin. Ĝuste tiam ĝi finfine elrampis, duonfermante la okulojn pro la taglumo kaj ĝuante freŝecon de la aero. La lacerto trotetis per siaj kruretoj serĉante ĝermojn de siaj plej ŝatataj plantoj kaj krakeblajn formikojn. Tiel pasis la tago, kaj la alia pasis, tiel pasis multaj tagoj, la lacerto kreskigis novan voston: ŝajnus, ke ĝi povus vivi kaj ĝoji, sed ne – kun ĉiu pasanta tago la lacerto iĝis ĉiam pli malĝoja kaj pli malgaja. Ĝi rigardis sian novan voston, kaj tiu ŝajnis esti ne tiel bona kiel la malnova, ne tiel forta, kaj makuloj sur ĝi ne estis tiel brilaj kiel sur la malnova. La penso pri tio ne lasis ĝin en trankvilo, la lacerto endormiĝis kaj vekiĝis kun ĝi. Kaj unu tagon ĝi tamen trovis en si kuraĝon, komence ĝi rampis malrapide kaj malcerte en la direkton, de kie ĝi nur ĵus estis forkurinta, poste ĝi plirapidigis sian iradon, ĝis ĝi ekkuris. Ĝi kuris, plena de firmeco repreni sian malnovan voston kaj samtempe plena de glaciiga timo antaŭ tiu besto, kiu preskaŭ murdis ĝin.

Kaj jen la lacerto estas preskaŭ ĉe tiu fonto, ĝi metis jam unu piedon sur la ŝtonon, sed tiam ekaŭdis krakon de sekaj branĉoj malantaŭe, la lacerto ektremis pro timo kaj forkuris de tie kiel eble plej foren, ĉar ĝi sciis ke la linko gvatis ĝin. Denove la lacerto forkuris, kaj forkurante, promesis al si neniam plu reveni tien, neniam plu dum sia vivo. Pasis iom da tempo, kaj denove pensoj pri la malnova vosto komencis turmenti la lacerton, denove la mondo estis malfavora por ĝi, kiam ĝi rigardis la novan malŝatatan. Kaj denove la lacerto kuraĝis reveni por repreni la malnovan voston, sed tiutempe ĝi intencis ne atenti ajnajn danĝerojn.

Jam demalproksime la lacerto ekvidis la fonton, trovis kuraĝon kaj ĵetis sin antaŭen. Nur ĉe la lago, respirante, ĝi komencis ĉirkaŭrigardi, sed nenie vidis sian voston. Tiam la lacerto paŝis al la rando de la lago kaj rigardis en la akvon: jes, ĝi estas tie, en la akvo, ĝia malnova vosto, tiel bela, tiel kara. Ĝuste nun ĝi elprenos sian voston, forĵetos la novan voston kaj kunprenos la malnovan. La lacerto admiris ĝin, rigardante en la akvon, kaj admiris senfine. Restis nur elpreni ĝin. La lacerto plonĝis en la akvon, sed nur kiam ĝi atingis la fundon, ĝi komprenis, ke tio ne estis ĝia malnova vosto en la akvo, sed reflekto de la nova. Nun restis nur eliĝi el la profunda lago sur la firmteron, kie la linko estis jam atendanta ĝin.

(Elukrainigis Petro Palivoda)

Jetio

La vilaĝanoj vivis timante ekde kiam ili memoris sin. Nek tage, nek nokte ili havis trankvilecon. Trafis iliajn sortojn peza elprovo – la najbareco kun terura besto. Nokte ili enlitiĝas kaj preĝas por ke la nokto pasu en trankvilo, por ke ne pereu ili en siaj hejmoj de la gigantaj ungohavaj kruroj. Ili ellitiĝas matene kaj dankas Dion pro tio, ke ili povis ekvidi ankoraŭ unu sunleviĝon, kaj komencas denove sian laboron por labori en la timo. Ĉiuj vilaĝanoj, junaj kaj maljunaj, ĉiam sciis, ke la jetio, tiu monstro kaj tiu kruela besto loĝas en ilia arbaro. Neniu sciis, de kie ĝi venis, kiel ĝi trafis en ilian landon, sed ili ĉiuj certis, ke la diablo mem sendis ĝin al ili. Neniu kaj neniam vidis ĝin, sed ĉiuj sciis, ke ĝi estas granda, vila, dentoza kaj kruela. Neniu vidis ĝin manĝantan, sed ĉiuj sciis, ke ĝi manĝas vivantajn estaĵojn kaj trinkas sangon. Ne sciis la vilaĝanoj, por kio ili ricevis tiun punon, kaj sciis nur unu aferon – ili devas toleri kuraĝe, devas porti sian krucon. Forpeli la jetion de la arbaro la vilaĝanoj eĉ ne provis, sciante, ke ili ne sukcesos, ne provis veneni ĝin, sciante, ke ne ekzistas veneno, kiu ĝin damaĝus. Sed kion oni diru pri la batalo, se al la arbaro la vilaĝanoj eĉ ne proksimiĝis, ili timis eĉ la aspekton de la arbaro, timis la sonojn, venantajn de tie, timis la venton, blovantan de tiu flanko. La vilaĝanoj delonge forgesis, kiel promenadi en la arbaro, ĉasadi tie.

Foje kelkaj vilaĝanoj vidis rompitajn branĉojn de arboj kreskantaj proksime de la fenestroj de iliaj domoj kaj grandajn spurojn sub la fenestroj. La homoj stuporiĝis pro la timo, imagante, ke la monstro estas enrigardanta iliajn ĉambrojn nokte, ke ĝi estas observanta iliajn dormantajn infanojn, akrigante siajn ungegojn.

Kaj iom pli poste la vilaĝanoj trovis kelkajn mortigitajn vilaĝajn hundojn. Ili kuŝis, elŝovinte la langojn kaj elorbitiginte la okulojn, glaciiĝintaj pro la timo. La sango de iliaj rompitaj kapoj estis disŝprucigita en la neĝo plurajn metrojn ĉirkaŭe. La homoj krucosignis sin, teruriĝis kaj rigardis direkte al la arbaro.

Iliaj lipoj apenaŭ moviĝis, dirante sensone malbenojn, malbenojn por la jetio.

Nun ĉiam pli ofte la vilaĝanoj aŭdis krakaton de arboj en la arbaro, kaj matene ili trovis amason da rompitaj branĉoj proksime de la vilaĝo. La besto furiozas, koleras, – komprenis la vilaĝanoj. Famo disvastiĝis inter la homoj, ke ĝi intencas ataki la vilaĝon, do ĝi montras sian forton al ĉiuj.

La homoj decidis finfine konstrui grandan barilon por protekti sin kontraŭ la terura jetio. Ĉiuj eklaboris akorde, kaj post kelkaj tagoj la barilo estis preta. Ĉiuj ekspiris malstreĉe kaj ne sentime disiris al siaj hejmoj.

La jetio sidis en la kaverno kaj maĉis radiketojn sekigitajn pasintjare, larmoj gutis sur ĝiajn grandajn vilajn kaj iomete mallertajn krurojn. Hieraŭ nokte, ĝi, kiel kutime, iris en la vilaĝon por promeni, sed puŝiĝis kontraŭ alta kaj fortika barilo. Evidentiĝas, ke homoj ne plu volas, ke ĝi venu al ili por helpi ilin. La jetio estis tro sentema por ignori tion. Kial? – la jetio demandis sin, kial? – ĝi ripetis denove, sed ĝi tamen ne povis kompreni la logikon de la vilaĝanoj. Ĝi faris tiom da bono por ili, ĝi provis helpi kiel ĝi povis. Ĝi disbatis ĉiujn rabiajn hundojn, kiuj vagis tra la vilaĝo kaj povis ataki homajn infanojn kaj ankaŭ plenkreskulojn. Preskaŭ ĉiunokte ĝi rompis sekajn arbojn kaj kunmetis jam rompitan lignaĵon proksime de la vilaĝo por ke homoj matene povu preni ĉion tion kiel hejtlignaĵo. Neniu lupo nun eĉ proksimiĝis al la vilaĝo, sciante, ke ĝi, la jetio, loĝas en la arbaro, kaj ke ĝi protektas tiun vilaĝon. Eble homoj ne ŝatis la fakton, ke kelkfoje nokte la jetio iris al la vilaĝo kaj vagis tra la stratoj, kelkfoje eĉ rigardante tra la fenestroj? Sed ĝi ĉiam penis fari tion kiel eble plej malbrue, por ne veki iun, ne maltrankviligi. Kiam ĝi observadis homojn tra la fenestroj, ŝajnis ke ĝia soleco malaperas ien kaj ne turmentas ĝin tiel forte. Ĉu ĝi ofendis iun aŭ ŝtelis ion de iu? Ĝi ĉiam manĝis nur herbojn, pinglajn dornojn kaj strobilojn, kaj trinkis nur akvon el la plej proksima fonto. La jetio kolektis siajn havaĵojn kaj klininte la kapon iris, kien liaj okuloj rigardis por serĉi novan hejmon.

Matene la vilaĝanoj vekiĝis pro strangaj sonoj. Ekstere ekfuriozis malbona vetero, la vento muĝis. Sed inter la akra fajfado de la vento aŭdiĝis io alia. Fiksaŭskultinte la homoj komprenis, ke tio estis lupa hurlado. Lupoj, kiuj ne venadis al la vilaĝo dum multaj jaroj, estis nun rigardantaj homajn hejmojn tra la fendoj de ilia barilo.

(Elukrainigis Petro Palivoda)

Nigra bagnulo

Unu tagon viro kuŝiĝis sur la varman herbon en la kampo por ripozi. Tiel li kuŝadis kaj admiris la pejzaĝon, kaj ĝojis pri la varma somero. Ĉirkaŭe insektoj zumadis, kaj la suno agrable varmigis lian haŭton. Estis kviete kaj bone en la animo de la viro, kaj li jam sentis dormemon, kiam li subite ekaŭdis strangajn sonojn. Li retrorigardis – neniu estis, li leviĝis, sed tamen neniun vidis. Li kuŝiĝis sur la teron denove kaj aŭdis ion denove. La viro fiksaŭskultis, ĝis li komprenis, ke la sonoj venis ne de ie ajn, sed de sube, de sub la tero. Li alpremis sian orelon al la varma herbo kaj senmoviĝis. Do, io frapas kaj batas tie en la profundo de la tero, sed ne nur frapas, sed ankaŭ ĝemas, kaj tiel peze, ke la koro disŝiriĝas je pecoj, kaj larmoj plenigas la okulojn. Ankaŭ la viro frapis la teron per sia pugno, kaj tiel forte, kiel li nur povis.

– Kiu vi estas kaj kiel vi trafis tien? – la viro kriis al la tero, sed la tero silentis kvazaŭ muta. – Kiu vi estas? – li ripetis.

– Mi estas nigra bagnulo – aŭdiĝis el sub la tero. Dum mia tuta vivo mi laboras peze ĉi tie en mallibero, mi ne vidas la veran mondon, mi ne scias aŭ ne memoras, kiel aspektas tiu vera mondo. Mia haŭto nigriĝis, mia koro malmoliĝis, mia dorso fleksiĝis.

La viro kompatis la nigran bagnulon, kaj tiel kompatis, ke li ekploris, kaŝante siajn larmojn en la herbo.

– Ne ĉagrenu, nigra bagnulo – la viro kriis denove – mi liberigos vin en la realan mondon, baldaŭ vi enspiros puran aeron, baldaŭ vi rektigos viajn ŝultrojn, baldaŭ vi varmiĝos sub la karesa suno. La viro impetis hejmen por preni fosilon, revenis kaj komencis fosi la kavon. La viro fosis dum unu tago, fosis dum la dua, falis sur la teron plurfoje senfortiĝinta, sed kiam li aŭdis pezan ĝemadon de la nigra bagnulo, li forgesis tuj pri sia laciĝo kaj denove okupiĝis pri sia laboro. Ankaŭ la nigra bagnulo fosbatis la malmolan teron de sia flanko. Ili fordonis multajn fortojn al tiu laboro, multajn tagojn, kaj finfine ili penetris tra la tero unu al la alia. La viro kaptis nigran maldikan manon, kiu aperis el sub la tero kaj tiris ĝin al si. Li eltiris finfine la nigran bagnulon el lia infero. La viro ĝojis kvazaŭ etulo, purigis de la abomeninda tero la nigran bagnulon, donis akvon, por ke li sattrinku, donis panon, por ke li satmanĝu. Ili sidiĝis proksime al la kavo apud la arbo, la viro deziregis montri al la nigra bagnulo la veran mondon, kiun tiu eĉ ne memoris, deziregis rakonti, kio tie okazas.

– Ho, kia agrabla freŝa venteto – diris la viro al la nigra bagnulo – la vetero ŝanĝiĝas, baldaŭ pluvos iomete.

– Ĝi estas agrabla, sed ne tre, – respondis la nigra bagnulo ŝrumpante, – ĵus estis varme, nun estas jam malvarmete, tro rapide ĉio ŝanĝas ĉi tie ĉe vi sur la tero. Sed ĉe mi sub la tero la temperaturo estas ĉiam la sama, tie vi ne ŝvitos kaj ne frostiĝos, ne estas surprizoj por vi, ĉio estas simpla kaj komprenebla.

– Rigardu la ĉielon, kia beleco! – la viro montris la ĉielarkon, kiu aperis post la pluvo.

– Kia ajn beleco estu, sed mi ne tre volas rigardi la ĉielon, ĉio estas tiel hela kaj blindiga ĉi tie, ke mi miras, kiel homoj ankoraŭ ne perdis la vidkapablon pro ĉio ĉi. Miaj okuloj doloras pro via hela lumo. Sed ĉe mi sub la tero ĉio alias, ekzistas nenio por rigardi foren, oni ne bezonas streĉi la vidkapablon. Mi havas mian laboron antaŭ mi, do mi rigardas ĝin.

Ankaŭ ĉi-foje la viro diris nenion, kaj poste li denove ripetis sian parolon:

– Rigardu, kiaj belaj floroj kreskas ĉirkaŭ vi, kliniĝu kaj flaru. Mi certas, ke vi ne flaris tiajn odorojn dum longa tempo.

– Ho ne, dankon, mi flaras eĉ sen kliniĝo, ĝi estas tro akra por mi. Sed ĉe mi sub la tero ne ekzistas tiaj akraj odoroj, la tero kaj ŝtono ĉiam odoras same, mi alkutimiĝis nur al ĉi tiu odoro.

Kaj la viro denove miris pri la vortoj de la nigra bagnulo, sed nur levis siajn ŝultrojn.

– Jen prenu ĉi tiujn novajn vestojn kaj alivestiĝu, kaj poste ni iros pli malproksimen kaj mi montros al vi ankoraŭ pli grandajn belaĵojn de la tero – la viro donis al li la vestojn.

La nigra bagnulo vestis sin, sed anstataŭ sekvi la viron, li denove sidiĝis apud la arbo.

– Kio okazis, – la viro demandis, – kial vi ne sekvas min?

– Viaj novaj vestoj estas tre malkomfortaj por mi, bonfarulo mia – la nigra bagnulo respondis sulkiginte la vizaĝon, – ili estas malvastaj kaj frotas mian haŭton. Tamen miaj ĉifonoj, kvankam ili estas malbelaj, estis malpezaj kaj malstriktaj, mi bone dormis kaj laboris en ili.

– Ne gravas, vi kutimiĝos al la novaj vestoj. Kaj al nia lando vi tute ne bezonas alkutimiĝi, ĝi estas belega kaj favora por ĉiu homo. Vi havis grandan bonŝancon trovi bonan vojon sur la surfacon kaj vi ne plu estas nigra bagnulo, ne, nun vi estas homo. Nur atendu – mi kuros kaj portos por vi bonajn ŝuojn, ni povos iri tre malproksimen kun vi por rigardi aliajn landojn, por ke vi vidu plene la belecon de la tero, ŝatu plene vian liberon.

La viro impetis hejmen por preni ŝuojn kaj revenis jam post momento, sed li jam ne trovis la nigran bagnulon apud la arbo. La viro ne komprenis, kien li estis malaperinta, do li iradis kun tiuj ŝuoj en la manoj kaj vokis lin ĉie kaj kriis, sed la nigra bagnulo ne respondis. La viro ĉesis voki lin, nur kiam li revenis al la kavo, al tiu, el kiu li eltiris lin. Apud la freŝe fosita tero kuŝis la novaj vestoj de la nigra bagnulo.

(Elukrainigis Petro Palivoda)

La centro de la mondo

Vivis iam juna knabo, bela kaj prudenta. Kiam iris li laŭ strato, ĉiuj lin atentis kaj per admirinta rigardo sekvis lin. Naturo riĉe dotis lin per beleco kaj energio, sed trankvilon al li ne donacis. Trankvilon, junulo, ne atendu de juneco. Tiele loĝis li en malgranda urbeto, ne povante trovi sian lokon en la vivo. Tiu urbeto ŝajnis al li marĉo, periferia loko, forgesita de Dio. Malvaste estis tie por la junulo, malvaste kaj triste. Ŝajnis, ke volas li enspiri aeron plenbruste, sed ne sufiĉas la aero, volas krii, por ke reeĥoj sonu malproksimen, sed io haltigas lian voĉon, kvazaŭ li krias en malvasta skatolo.

Ne taŭgas tiu loko por vivo, en tiu loko ne eblas trovi feliĉon. Ne randon de la mondo li, junulo, bezonas. Ne randon de la mondo, sed ties centron. Longe turmentis la junulon duboj, tamen foje decidis, ke li devas serĉi la centron de la mondo. Nur tie li povas esti feliĉa. Sed kie, kie ĝin serĉi? Sur neniu mapo estis markita tiu centro, en neniu libro ĝi estas menciita, de neniu li aŭdis, kie ĝi situas. Cerbumis pri tio la junulo, longe cerbumis kaj decidis veni al renoma saĝulo, al la plej maljuna loĝanto de la urbeto.

– Bonvolu helpi al mi, estimata saĝulo, en mia malfeliĉo, – petis li. Necesas al mi trovi la centron de la mondo, sed ne scias mi, kie serĉi ĝin.

– Hm, – glatkaresis sian barbon la saĝulo. Por kio vi bezonas la centron de la mondo, junulo?

– Kion signifas "Por kio"? – miris la junulo. En la centro de la mondo estas plej multe da eblecoj, en la centro estas maro da homoj, en la centro estas multe da mono. Ĝuste la centro estas tiu loko, kiun mi bezonas. Juneco mia estas ĉiopova, mi sentas, ke mi eĉ montojn povus renversi, mondon ŝanĝi mi povas. Sed ne ĉi tie mi tion faru, ne en tiu sovaĝejo.

La saĝulo atente rigardis lin.

– Mi petas vin, saĝulo, diru al mi, kie situas la centro de la mondo? Ja tie atendas min mia feliĉo, – petegis la junulo.

– Bone, junulo. Mi helpos al vi, ekparolis fin-fine la saĝulo. Li eltiris malnovan volvaĵon, malvolvis kaj metis ĝin antaŭ li. Tio estas magia mapo de la mondo kaj ĉi tiu malgranda montrilo ĉiam indikos al la centro de la mondo.

La junulo ravite rigardis al tiu mapo kaj estis tre feliĉa. Dankis li la saĝulon kaj impetis eksteren. La saman tagon pakis li siajn aĵojn kaj ekiris foren. Tiel komenciĝis lia vojaĝo. Unue li venis al varmega lando, kiu estis plen-plena de mirindaj, neniam antaŭe viditaj bestoj. La junulo ĝojis en ĉiu tago, ĉar ĉiu tago portis al li novajn malkovrojn. Li kuŝadis sur varma sablo kaj ĝojis, ke la centro de la mondo estas ĝuste tia. La tempo pasis kaj tiu mirinda lando fariĝis por li tute ordinara. La tempo pasis kaj ekenuis, ektristis la junulo. Post iom da tempo ŝajnis al li, ke la centro de la mondo situas en alia loko. Kolektis la junulo siajn aĵojn kaj ekveturis. Longe veturis li en tiu direkto, kien indikis la montrilo, ĝis atingis li mornan malvarman landon. La montoj kovritaj per neĝo, kiujn li vidis tie, estis admirindaj. La junulo rigardis al ili kaj pensis, ke ties pintoj povas vundi ĉielon. Sed anstataŭe ili vundis lian koron kaj li jam ne plu povis daŭrigi sian vojon. Ilia malvarma beleco penetris en lin ĝis la ostoj, ilia majesta beleco ne povis lokiĝi en liaj okuloj kaj li opiniis, ke la centro de la mondo ne povas aspekti aliel.

Sed kun la fluo de tempo denove eksentis la junulo solecon. Precipe triste estis dum longaj vintraj vesperoj. Kaj venis al li neatendita konjekto, ke la centro de la mondo ne estas tie, sed envere ĝi estas ie tre malproksime de li. Denove impetis antaŭen la junulo, observante la indikon de la montrilo, denove multajn tagojn li pasigis en vojaĝo ĝis ie tie, post oceano, li trovis la veran, nun jam ĝuste veran centron de la mondo. Almenaŭ tiel li pensis. La suproj de tiuj konstruaĵoj, kiujn li vidis, kaŝiĝis ie en nuboj, sed ŝajnis, ke neniu sciis pri tio, ĉar tie neniu rigardis al la ĉielo: homoj estis tro zorgoplenaj por tio. Ja ĉiu el ili havis gravan laboron, ĉiu el ili estis tre bezonata por io. La junulo volis krii pro feliĉo, ĉar sciis, ke ankaŭ li ĉi tie trovos tre gravan laboron, ke ankaŭ li estos ĉi tie tre utila. Baldaŭ ankaŭ la junulo estis plene okupita pri laboro. Tutan sian tempon li elspezis por perlabori monon kaj poste – por disipi ĝin. Ankaŭ li jam forgesis eĉ rigardi al la ĉielo kaj mem ne sciis, kie finiĝas altaj la konstruaĵoj. Li timis halti eĉ por minuto, ĉar opiniis, ke la tuta mondo disfalos sen lia laboro.

Sed foje, kurante al sia laborejo, haltis la junulo kaj senmoviĝis. La mondo ne disfalis pro tio, laboro ne estis haltigita. Neniu rememoris lin, neniu rimarkis lian foreston. Homoj kuris preter li kaj neniu eĉ ĵetis rigardon al li. Staris la junulo, katenita de sia terura malkovro, ke ĉi tui centro de la mondo ne estas vera, ke la centro de la mondo situas en tute alia loko. Rigardis li al sia speguliĝo en butik-fenestro kaj ekvidis, ke li jam delonge ne estas juna. Sur liaj tempioj jam estas grizaj haroj. Venis la viro al sia hejmo kaj komencis serĉi la mapon, pri kies ekzisto li jam forgesis. Trovis li ĝin, malvolvis kaj pririgardis la malgrandan montrilon. Atente pririgardis. Tiel atente, kiel neniam antaŭe. Komprenis li, ke ne moviĝas ĝi. Trompis lin la saĝulo, primokis lin. Neniam iun direkton montris tiu montrilo. Evidentiĝis, ke la tutan vivon li serĉis la centron de la mondo en malĝusta loko kaj pro tio li estas tiom malfeliĉa nun.

Denove ekvojaĝis la viro, sed ne al foraj landoj, kiel kutime, sed al sia urbeto, kie li naskiĝis. Jam delonge ne vizitis li ĝin kaj ŝajne eĉ forgesis, kiel aspektas lia propra domo. Kaj kiam la viro fin-fine surpaŝis hejmlandan teron, miris li, ne komprenante, kial iam li ne ŝatis tiun urbeton, tiom belan. Sed longe cerbumi pri tio ne havis li tempon: li hastis trovi la saĝulon, kiu iam donis al li magian mapon. Li volis rigardi en liajn okulojn kaj demandi, kial li trompis lin. Venis li al la domo de la saĝulo, timante, ke li jam ne plu vivas kaj ekĝojis, vidante lin sidi sur la sojlo, samtiel, kiam ili renkontiĝis lastfoje.

– Diru al mi, saĝulo, kial vi mensogis al mi? – turnis sin al li la viro. Mi elspezis mian tutan vivon, serĉante la centron de la mondo, orientiĝante laŭ la montrilo sur via mapo. Kaj nur antaŭnelonge mi komprenis, ke la mapo ne funkcias, ke la montrilo ne moviĝas.

– Sed kiel vi iris laŭ la indikoj de la montilo, se ĝi ne moviĝas? – trankvile demandis la saĝulo.

– Mi simple iris en tiu direkto, kiun ĝi indikis, – respondis la viro, penante bridi koleron.

– Nun malvolvu la mapon kaj rigardu al la montrilo.

La viro faris tion.

– Kian direkton indikas la montrilo? – denove demandis la saĝulo.

– Tien, – svingis per mano antaŭen la viro.

– Kaj nun rigardu en la kontraŭan flankon, – diris la saĝulo.

La viro turnis sin en la kontraŭan flankon kaj rigardis antaŭen.

– Kaj nun kian direkton indikas la montrilo? – demandis la saĝulo.

– Samdirekten, kien mi rigardas, – respondis la perpleksita viro.

– Tiu montrilo neniam havis direkton, – ridetis la saĝulo. Direkton ĉiam havis nur vi mem.

– Sed vi ja promesis, ke ĉi tiu montrilo kondukos min al la centro de la mondo, – preskaŭ ploris la viro.

– Jes, vi pravas. Montriloj ekzistas por tio, ke konduki ien homon. Diru al mi, kiam montrilo ĉesas konduki homon?

– Tiam, kiam la homo jam venis al sia celloko, – mallaŭte diris la konsternita viro. Evidentiĝas, ke la montrilo ne moviĝis ne pro tio, ke ĝi ne funkciis, sed pro tio, ke mi ĉiam estis en la celloko, mi ĉiam estis en la centro de sia mondo. La centro de la mondo estas tie, kie mi estas.

La grizhara viro rigardis al la saĝulo, kiu nenion respondis. Li nur sidis sur la sojlo kaj rigardis foren.

(Elukrainigis Oleksandr Hriŝĉenko)

Iluziisto

Iam vivis iluziisto, kiu estis tre lerta en sia metio. Kiam li montris siajn artifikojn al la publiko, la publiko ĉiam admiris lin kaj laŭte kriis, fascinita.

Sururinte scenejon la iluziisto vidis la brilantaj okulojn de la spektantoj, kiuj atentis ĉiun lian movon, penante malkovri liajn sekretojn, penante kompreni almenaŭ ion kaj fin-fine kontemplante nur miraklon, elstaran miraklon. Oni adoris la iluziiston, ĉar por multaj homoj ĉeesti liajn prezentaĵojn estis granda festo en ilia vivo. Por iuj li estis eĉ la sola festo. La okuloj de la iluziisto estis penetremaj, la rideto – iom mistera, kaj liaj manoj... – idealaj. Ili moviĝis jen andante, kvazaŭ ondoj de trankvila maro, jen abrupte, kvazaŭ fortaj vento-puŝoj. Liaj manoj similis jen al birdaj flugiloj, jen al ungegoj de rabobesto. Liaj manoj estis ĉiopovaj. Tiel opiniis la homoj, kiuj vidis ilin. Tiel opiniis ĉiuj, krom la iluziisto mem.

Ĉiutage li fariĝis ĉiam pli langvora, eĉ liaj vangoj enfalis. La fajro en liaj okuloj apenaŭ flagris kaj povis entute estingiĝi. Ĉiam pli malofte eliradis li tage eksteren por promeni, por rigardi al la ĉielo kaj bani sin en sunradioj. Ĉiam pli ofte li fermis sin en sian malhelan plenŝtopitan ĉambron kaj legis ion. Legis dum tutaj tagoj kaj noktoj, serĉante respondojn al demandoj, kiuj turmentis lin. "Ĉu estas senco?", – li frapfermis malnovegan folianton kun flaviĝintaj paĝoj, kaj kun indigno ĵetis ĝin en la plej malproksiman angulon de la ĉambro. "Ĉu estas ...?", – denove kaj denove li faris siajn artifikojn, strebante perfektigi ilin kaj poste, seniluziita kaj laca, falis en fotelon.

Post momento en la manoj de la iluziisto aperis fajro. Ties langoj lekis liajn polmojn. Mirinda vidaĵo, atrakcia, sed tiom senesenca – povi krei fajron, kiu ne varmigas, fajron, sur kiu ne eblas prepari tagmanĝon, en kiu nenio brulas. La iluziisto mallevis la manojn – kaj la fajro malaperis. Tuj poste li jam tenis je oreloj kuniklon, humilan blankan kuniklon. Li karesis ĝin per la alia mano kaj ŝovis ĝin reen en la cilindran ĉapelon.

Kia senco estas en tio, ke li eligadas kuniklojn el cilindra ĉapelo, se vi neniam montros ilin al viaj infanoj, kiuj ĝojus, karesus la lanecajn bestetojn kaj tre kontentus pri tio? Jen la iluziisto jam tenis enmane kelkajn belajn florojn. Ŝajnas, ke ili estas destinitaj por donaci ilin al iu bela knabino. Sed li ja scias, ke al neniu li povas ilin donaci, ĉar ili ne odoras, ili estas mortaj. "Do, kiu senco estas en ĉio ĉi?", demandis sin la iluziisto. Kaj mem respondis: "Neniu".

La iluziisto fermis la okulojn kaj imagis, ke li estas simpla kamparano, kiu pene laboras, sed sciis, ke lia laboro donas rezultojn. Kaj ili estas veraj: ilin oni povas palpi, eksenti iliajn guston kaj odoron. Ili estas realaj, sed ne teksitaj el iluzioj. Ili ne malaperos post mallerta movo de la mano. Kial li havas ĝuste tian sorton, ĝuste tian vivon? La iluziisto malfermis la okulojn – deekstere estis aŭdeblaj homaj voĉoj – jam venis tempo por la prezentaĵo.

"Li estas geniulo, vera geniulo", – pensis la kamparano, kiu fascinite sekvis la movojn de la iluziisto sur la scenejo. "Li konas grandajn misterojn, kiujn ni, simplaj homoj, neniam ekscios. Kiel facile, dum sekundo, li kreas tion, por kio mi laboras dum semanjoj, monatoj! Li estas ĉiopova, li superas nin, li estas kvazaŭ Dio. Lia vivo estas plena de granda senco. Kia granda feliĉo – esti iluziisto!" La kamparano mallevis sian rigardon, ĉar sciis, ke ne indas eĉ pensi pri tio, des pli – voli tion. La kamparano mallevis sian rigardon, kiam la iluziisto proksimiĝis al la rando de la scenejo kaj pro tio ne rimarkis la triston en liaj okuloj. La iluziisto triste rigardis al la kamparano.

(Elukrainigis Oleksandr Hriŝĉenko)

Cent deziroj, aŭ Ĉevaleto kaj orfiŝo

Vivis iam ĉevaleto. Estis ĝi rapida kiel vento kaj gaja kiel suna mateno. Iun tagon la ĉevaleto venis al la kampo por paŝti sin. Ĝi iris kaj iris, serĉante la plej sukoplenan kaj plej bongustan herbaron. Longe vagadis ĝi, ĝis ĝi perdis la vojon. La ĉevaleto ĉirkaŭrigardis, sed povis vidi nek sian domon, nek la vojeton, laŭ kiu ĝi iris. Rigardis ĝi antaŭen kaj ekvidis, ke en la valo, inter montetoj, io brilas. Proksimiĝis la ĉevaleto kaj komprenis, ke malgranda lageto estis tie kaŝita!

Lacigita pro la longa vojo kaj la varmego, la ĉevaleto kliniĝis por trinki malvarman kaj diafanan akvon.

Subite el la akvo iu alparolis ĝin.

– Ne trinku akvon el mia fonto, ĉevaleto. Centoj da miaj beboj naĝas ĉi tie. Mi timas, ke vi povas engluti ilin. Se vi plenumos mian peton, mi promesas efektivigi tri ajnajn viajn dezirojn.

Mirigite rigardis la ĉevaleto al ora fiŝeto, al ties suna beleco. Kompatis ĝi la idojn de la orfiŝo.

– Estu laŭ via volo, fiŝeto, – diris la ĉevaleto. – Mi ne trinkos el via fonto.

– Do, tiam diru al mi vian unuan deziron.

– Mi volas, ke sur tiu kampo elkresku la plej sukoplenaj herboj kaj la plej bonodoraj floroj ekfloru, por ke mi povu frandi ilin, kiam mi estos revenanta hejmen, diris la ĉevaleto ne longe pensante.

– Bone, – nur diris la fiŝeto kaj ĉio ĉirkaŭe ekfloris kaj ekbonodoris. Ekvidis tion la ĉevaleto kaj fariĝis tre gaja.

– Kio estas via dua deziro? – demandis la orfiŝeto.

– Volas mi havi hufumojn el pura arĝento, – diris la ĉevaleto ĝoje. Tuj en la suno la kvar hufoj de la ĉevaleto ekbrilis arĝente. Batis ĝi per hufo ŝtonon kaj tuj ŝprucis fajreroj ĉiudirekten.

– Kaj nun diru al mi pri via tria deziro, ĉevaleto.

Enpensiĝis la ĉevaleto: havis ĝi jam ĉion, kion li volis, sed restis ankoraŭ io.

– Deziras mi havi mastron, – diris ĝi serioze.

La orfiŝo atente rigardis ĝin.

– Stranga estas via deziro. Neniu besto iam ajn petis min pri io simila. Sed estu laŭ via volo, – diris la fiŝeto. Ĝiaj oraj skvamoj ekbrilis en la sunradioj kaj ĝi malaperis en la malhela akvo.

La ĉevaleto staris sur la bordo de la lago dum kelka tempo kaj poste kuris al la kampo por trovi la vojon hejmen.

Jam ĝissate manĝis la ĉevaleto, jam plene admiris siajn arĝentajn hufumojn, jam revenis ĝi al sia stalo, sed nenie vidis ĝi la mastron. Neniu vokas ĝin, neniu renkontas. Verŝajne, trompis ĝin la fiŝeto.

Krepuskiĝis. Iris la ĉevaleto en la stalon kaj jam volis kuŝiĝi por ripozi. Subite la pordo fermiĝis kun bruo, siblis en aero skurĝo kaj ties bato kvazaŭ bruligis la haŭton de la ĉevaleto. Volis fuĝi la ĉevaleto, sed ne povis, ĉar ĉirkaŭ ĝi estis nur muroj kaj la pordo estis fermita. Humile klinis ĝi la kapon kaj eksentis sur sia kolo mantuŝon de tiu, kiun ĝi menciis en sia tria deziro. Sed ne brakumi volis ĝin tiuj manoj, sed ŝnuron surmeti por alligi. Jen, ĉevaleto, estas via mastro, konatiĝu kun li. Alligis li vin, deŝiris la arĝentajn hufumojn por ne plu kuru vi tien, kien vi volas, kvazaŭ vi estas libera, kvazaŭ al neniu vi apartenas.

Ekde tiam komenciĝis malfacila vivo por la ĉevaleto. Preskaŭ ĉiutage sentis ĝi la skurĝon sur sia dorso, ĝis elĉerpiĝo laboregis sur kampo, veturigis ŝarĝojn, tiris plugilon kaj ĉaron. Pri malproksimaj kampoj kun sukoplenaj herboj ĝi povis nur sonĝi.

Sed foje sukcesis ĝi eskapi el la stalo. Kuregis ĝi al la pordego kaj frakasis ĝin. Kaj poste – al la kampo, plej rapide al la kampo! Kuris la ĉevaleto plenforte, sen retrorigardi, nenion rimarkante ĉirkaŭe. Ja necesis pli rapide atingi la lagon. Kaj jen ĝi anhelante jam staris sur la bordo kaj rigardis en la akvon. Malgraŭ ke pura kaj travidebla ĝi estis, tamen la fundo estis nevidebla, ĉar profunda estis la lago.

– Ĉu ne min vi serĉas, ĉevaleto?

Vidis la ĉevaleto, ke parolis al ĝi la fiŝeto, same bela kaj radianta lumon, kiel antaŭe, kaj ridetis al ĝi.

– Ĝuste vin mi serĉas, fiŝeto. Savu min, kompatindan. Tre malbone fartas mi pro mia mastro. Malĝustan deziron mi voĉigis, – diris la ĉevaleto kaj ekploris.

– Ne tristu kaj larmojn ne verŝu. Kompatas mi vin. Bone, mi helpos. Diru, kion vi volas ĉi-foje?

Trankviliĝis la ĉevaleto, ĉesis plori, rigardis la fiŝeton kj diris:

– Volas mi denove esti libera, ke neniu batu min kaj devigu labori, ke neniu alligu min kaj diru, kien mi iru.

– Bone, ĉevaleto. Revenu hejmen kaj pri nenio zorgu, – diris la fiŝeto kaj malaperis en la akvo kiel antaŭe.

La ĉevaleto volis sincere danki al la fiŝeto, sed ne sukcesis. Do, ektrotis ĝi hejmen. Kaj tioman ĝojon kaj facilecon ĝi sentis! Venis ĝi hejmen, eniris la korton. Bone ĝi fartas, ĉar neniu batas ĝin, neniu insultas. Venis ĝi al la stalo, sed malplena estis ĝi. Nek bonodora fojno estas en rako, nek pura akvo estas en sitelo. Pasis nur kelkaj tagoj, sed jam eksopiris la ĉevaleto pri la zorgo de sia mastro: mankis al ĝi aveno en la varma mastra polmo kaj la fera kombilo por kombi ĝian kolhararon kaj voston. Tedis al ĝi solece vivi, sopire kaj malsate. Mallevis ĝi la kapon kaj trenis sin tra la kampo al la lago. Venis ĝi tien, staris sur la bordo. Tuj aperis la fiŝeto:

– Kio okazis, ĉevaleto?

– Hontas mi denove min turni al vi, fiŝeto, sed ne povas mi vivi sen mia mastro. Mi forte alkutimiĝis al li, preskaŭ parenciĝis kun li. Do, mi volas, ke vi revenigu mian mastron.

– Ĉu vi certas pri tio?

– Ĉi-foje jes, certas.

– Bone, revenu hejmen. Ĉio okazos laŭ via deziro.

La ĉevaleto kuris hemen. Kun ĝoja sento ĝi iris al la pordego, sed apenaŭ ĝi eniris la korton, la mastro batis ĝin per skurĝo tiom forte, ke eĉ larmoj fluis el la okuloj de la ĉevaleto. La ĉevaleto surprizite eksaltis kaj pretis denove fuĝi, sed estis tro malfrue. Staris ĝi en la stalo, alligita per dika ĉeno. La mastro devigis ĝin labori multe pli ol antaŭe. La ĉevaleto devis plugi pli da tero, kaj la ĉaroj, kiujn ĝi veturigis, estis multe pli pezaj. Denove plendis la ĉevaleto pri sia sorto, sed eskapi ĝi neniel povis.

Sed foje, kiam prezentiĝis oportuna okazo, la ĉevaleto tamen fuĝis de sia mastro kaj impetis al la kampo. Denove kuris ĝi al la fiŝeto por peti liberon. Sed iom pli poste ĝi komencis sopiri pri sia mastro kaj denove iris al la lago por peti restarigi la antaŭan staton. Kaj tion ĝi faris plurfoje. Post la somero venis aŭtuno, poste – vintro. Venis la unuaj malvarmaj tagoj, unuaj frostoj. Kaj ĉiufoje la ĉevaleto fariĝis pli malgaja, kaj la fiŝeto – pli malhela. Tiel daŭris ĝis tiu tempo, kiam venis ilia lasta renkontiĝo.

– Ĉu denove estas vi, ĉevaleto?

La ĉevaleto rigardis en la akvon, sed ne tuj rimarkis la fiŝeton: Ĝi ne plu brilis en sunradioj, ne blindigis la okulojn per sia beleco. Ĝis la vosto estis taŭzita kaj ĝiaj skvamoj fariĝis tiom malhelaj, ke estis preskaŭ nerimarkeblaj en la maldiafana akvo de la lago.

– Jes, denove estas mi, – respondis per laca voĉo la ĉevaleto.

– Ĉu denove vi volas revenigi vian mastron?

– Jes, fiŝeto, mi volas tion, sed timas, ke ĉi-foje vi rifuzos plemumi mian deziron.

– Kompatas mi vin, ĉevaleto. Proksima vi iĝis por mi dum tiu tempo. Provos mi helpi al vi, sed ne scias, ĉu sukcesas fari tion. Fortoj miaj degelas, ĉar ne longe restas por mi vivi.

– Kial vi maljuniĝis tiel rapide? Oni diras, ke oraj fiŝetoj vivas ĝis cent jaroj, – preskaŭ ploris la ĉevaleto.

– Devis mi vivi ĝis cent – sed ne jaroj, nur deziroj. Tro ofte kuradis vi al mi, ne sciante, kion vi efektive volas. Ankaŭ hodiaŭ mi plenumos vian kaj mian centan deziron. Do, revenu hejmen, ĉevaleto. Iru. Adiaŭ. Dirinte tion, la fiŝeto descendis funden.

Foriris hejmen la ĉevaleto plorante. Eniris ĝi la korton, jam preta akcepti dolorigan baton per skurĝo, sed mirakle, neniu renkontis ĝin. La ĉevaleto eniris la stalon. Tie estis malvarme kaj mallume.

Anstataŭ skurĝo tie siblis vento. Tremante pro timo kaj malvarmo la ĉevaleto pasigis tie la nokton. Matene venis fremduloj kaj jungis ĝin al ĉaro. Tute ne peza estis tiu ĉaro. Ne brulligno kaj ne sakoj kun greno kuŝis sur ĝi, sed ĝia malsana mastro, kiun ĝi devis veturigi al hospitalo.

Kaj denove komencis novan vivon la ĉevaleto: sen pena laboro, sed ankaŭ sen bongusta manĝaĵo. Ĉiutage ĝi aŭdis nur la fajfadon de la vento kaj la ve-kriojn de la malsana mastro. Foje nokte ekregis plena silento. Tia silento regis nur tiam, kiam forestis la mastro. La ĉevaleto leviĝis, venis al ĥato, ŝovis sian kapon en la fenestron kaj vidis la mastron, kiu kuŝis tuj apud la fenestro sur la lito. En luna lumo li aspektis tre pala kaj estis iom priŝutita per neĝo el la neplene fermita fenestro. Kliniĝis la ĉevaleto super li, longe rigardis ĝi al la mastro kaj elspiris al lia korpo la varman vaporon el siaj naztruoj. Fin-fine la neĝo degelis kaj la mastro malfermis okulojn. Tiam la mastro brakumis la kolon de la ĉevaleto kaj ekploris, ĝemante.

– Kara mia ĉevaleto, dankon, ke vi varmigis min, ne permesis, ke mi mortu pro malvarmo. Mi opiniis, ke mi estas tute sola, sed forgesis, ke mi havas vin. Mia sola fidela amiko, dankon, ke vi savis min. Pardonu, ke mi batis vin senkompate, ke devigis vin pene labori. Mi nur volis puni vin pro tio, ke vi konstante fuĝis en la kampon. Mi pensis, ke vi estas sovaĝa, volis hejmigi vin. Sed nun ni komencos tute alian vivon. Ni vivos en paco kaj konkordo kaj helpos unu la alian.

Ankaŭ la ĉevaleto ekploris. Ĝi havis amaran senton pro tio, ke pro lia konduto pereis la fiŝeto, ĝi sentis amaron, ke tiel malfrue ĝi ĉion komprenis.

(Elukrainigis Oleksandr Hriŝĉenko)

Enhavo

Pri Ĥristina Kozlovska 5

RAKONTOJ

La bankoficisto 9
Floro 39
Brioĉjo 54
Pli leĝera ol aero 62
Laŭ kondiĉoj de la kontrakto 74
Alloga oferto 95
Kontrakto pri nediskonigo 115

FABELOJ

Talpo 131
Lacerto kaj ĝia vosto 134
Jetio 136
Nigra bagnulo 139
La centro de la mondo 142
Iluziisto 146
Cent deziroj, aŭ Ĉevaleto kaj orfiŝo 148